La Belle de San Blas

Christy Pate

KDP

Contents

Chapitre un

« Que penses-tu de celui-ci, Izzy ? » Amara a demandé à sa meilleure amie, pointant vers un ensemble de collier de saphir en forme de larme assorti à sa robe.

« Je veux dire… ça va… je suppose, » balbutia Izzy, « mais *c'est* ta dernière danse de lycée. Jamais. Il faut se démarquer. » Le nez plissé et le regard snob sur son visage disaient tout. Elle détestait ça.

« Izz, j'ai cinquante dollars pour travailler, je ne peux pas me permettre de me démarquer. En plus, tout le monde n'est pas *plus* comme toi. » Elle gloussa pour cacher son embarras.

"Alors il y a ça," répondit sèchement Izzy. « Où est le collier que tu portais à ta quinceañera ? » Izzy n'a pas eu à penser aux étiquettes de prix ou aux budgets. Son père possédait une chaîne de restaurants le long de la côte ouest. Elle n'avait probablement jamais entendu le mot budget, encore moins en utiliser un. Il a donné à Amara un travail, pour lequel elle était éternellement reconnaissante.

Izzy aurait proposé d'acheter le collier de son choix, mais l'expérience lui a dit que ce serait une erreur. Amara a refusé de lui parler pendant une semaine après la dernière fois. Prendre la tangente à propos de la fierté et accepter des aumônes. Par coïncidence, c'était aussi la dernière fois qu'ils allaient faire du shopping ensemble.

"Ce n'est pas une aumône, Amara", a expliqué Izzy à l'époque, irritée que sa meilleure amie soit si têtue.

« Alors, comment l'appelleriez- *vous* ? » demanda Amara, offensée par le geste.

« J'appellerais ça un cadeau, mais je suis désolée que tu aies été offensée », fut tout ce qu'elle put dire. Izzy était content que ce soit derrière eux.

Amara a examiné le collier qu'elle avait porté à sa quinceañera et a décidé que c'était un match presque parfait. "Bon arrêt, Izz. Il est enfermé dans la boîte à bijoux de ma mère ; J'avais tout oublié. » s'exclama Amara avec enthousiasme. Le collier était dans la famille de sa mère depuis des générations, offert à Amara spécialement pour sa quinceañera.

"C'est pourquoi tu m'aimes." Izzy afficha un sourire à pleines dents.

« Ça doit être ça », répondit Amara en roulant des yeux en feignant de protester. Elle aimait sa meilleure amie mais n'était pas une grande fan de shopping. Surtout dans un centre commercial bondé. Ils ont pratiquement dû combattre la foule juste pour arriver à la sortie. C'était un asile de fous, vraisemblablement à cause du bal de samedi. Izzy adorait faire du shopping.

Le téléphone portable d'Amara a commencé à exploser avec des notifications dès qu'ils sont sortis du garage. Dix appels manqués de la maison.

"Dang, manquez de popularité", a taquiné Izzy.

"Ouais, toujours la belle du bal," sourit Amara. « C'est ma mère. Elle a laissé une dizaine de messages. Chérie, tu sais que mon téléphone merdique ne marche pas dans le centre commercial.

Quelque chose ne va pas , pensa-t-elle. Sa mère l'appelait rarement quand elle était sortie, et encore moins laissait dix messages. Quand elle a rappelé, personne n'a répondu. Le trajet de quinze minutes jusqu'à sa maison lui sembla une éternité.

"J'espère que tout va bien", lui assura Izzy.

"Moi aussi. Je t'appellerai plus tard », répondit Amara en se précipitant vers la porte. Le camion de son père n'était pas dans l'allée, ce qui était inhabituel pour un jeudi soir.

Elle emporta les sacs de courses dans sa chambre et s'allongea sur le lit en regardant le plafond. La sensation inquiétante qui montait dans ses entrailles rendait chaque mouvement exagéré. Quelque chose n'allait définitivement pas; elle pouvait le sentir. Les messages de sa mère l'ont incitée à appeler, ce qui l'a rendue encore plus inquiète lorsque son téléphone est allé directement à la messagerie vocale.

Près d'une heure s'est écoulée avant qu'elle n'entende le cliquetis distinctif du camion de son père résonner sur les murs en aluminium de l'abri d'auto. Quelques minutes plus tard, sa mère frappa à sa porte.

« Amara, ta grand-mère est très malade. Nous partons pour le Mexique dans la matinée. dit Marta en retenant ses larmes. Elle se retourna et sortit sans répondre.

Amara n'avait jamais rencontré sa grand-mère en

personne. Ses parents Marta et Israel sont venus aux États-Unis en tant que travailleurs migrants il y a de nombreuses années et ne sont jamais partis. Enfant, les histoires au coucher étaient remplies de contes populaires mexicains et de légendes sur leur ville natale bien-aimée.

Bien qu'Amara soit manifestement bouleversée par la danse, elle savait qu'il ne valait mieux pas discuter à ce sujet. Elle aimait sa mère plus que tout au monde ; il n'y avait aucun moyen qu'elle la laisse faire face à cela seule. La robe qu'elle avait achetée pour le bal était soigneusement accrochée à la porte du placard. Malheureusement, il ne serait jamais porté, du moins pas avant un moment. Corset en satin bleu saphir et strass; Izzy a dit qu'elle avait l'air sexy dedans. Certes, elle le pensait aussi avec raison. Elle avait passé les six dernières semaines à subir des allers-retours quotidiens à la salle de sport *et à la* Zumba juste pour s'adapter à ce truc stupide.

Bien qu'une épave complète, Marta a essayé de faire bonne figure au profit de sa fille. C'était inutile. Amara pouvait voir la peur dans ses yeux. *La famille est plus importante qu'une danse stupide,* pensa-t-elle. Des sentiments de culpabilité s'infiltraient dans son subconscient. C'est peut-être sa dernière chance de rencontrer sa grand-mère, l'héroïne des histoires de Marta sur son Mexique bien-aimé.

Mama Erlina vivait dans un village du 16ème siècle à une heure de route de la ville. Il n'y avait pas de routes pavées menant à sa maison au sommet de la montagne. Amara a imaginé que cela ressemblait aux villes des vieux films de Vicente Fernandez que son père regardait le dimanche. Elle a idéalisé les maisons en pisé et les rues pavées.

À partir de Cal State l'automne prochain, Amara a été le premier membre de sa famille à terminer ses études secondaires, sans parler d'aller à l'université. Ses parents avaient travaillé deux emplois pour économiser pour ses frais de scolarité. Le fait d'être sans papiers leur a rendu difficile l'obtention d'un emploi bien rémunéré. Lorsqu'elle a obtenu une bourse d'études complète, ils ont ouvertement pleuré.

Dès l'âge de quinze ans, Marta a travaillé jusqu'à seize heures par jour aux côtés d'Israël dans les champs. Le visa de travailleur invité en faisait pratiquement des serviteurs sous contrat du fermier qui les parrainait. Ils ont fui vers l'Oregon quatre ans plus tard lorsqu'elle est tombée enceinte d'Amara. Depuis qu'elle a dépassé la durée de son visa, Marta ne pourrait pas retourner aux États-Unis. Amara a juré que cela changerait quand elle aurait vingt et un ans.

« Si Dieu le veut », disait Marta. Au moins, elle verrait sa mère une dernière fois avant que le bon Dieu ne l'appelle à la maison. Même si cela signifiait qu'elle ne pourrait jamais revenir dans la maison qu'elle avait appris à aimer et à vivre dans l'Oregon.

Amara a essayé de dormir mais son esprit avait d'autres plans. Elle a appelé Izzy pour annoncer la nouvelle. "Izz, je ne vais pas au bal," dit doucement Amara.

"Quoi?! Tu ment! Pourquoi pas?" demanda Izzy, outré.

« Ma grand-mère est vraiment malade et peut-être en train de mourir. Ma mère et moi partons pour le Mexique demain matin », a expliqué Amara.

"Êtes-vous sérieux? Je suis vraiment désolé d'entendre ça. Quand revenez-vous?" interrogea Izzy.

"Je ne suis pas sûr. On ne sait pas combien de temps il lui reste. Ma mère ne l'a pas vue depuis vingt ans ou quelque chose comme ça », a expliqué Amara.

"C'est terrible! Espérons qu'elle se rétablira », a proposé Izzy, toujours optimiste.

"Ouais, j'espère," répondit Amara sans grand enthousiasme. "Nous partons à cinq heures du matin, je t'appellerai si je peux."

« Amara... essaie de t'amuser. Je veux dire, je *sais* que c'est une occasion sombre, mais cela pourrait devenir l'aventure d'une vie. Reste positif!" Izzy a essayé d'avoir l'air joyeux. Sa famille avait fait de nombreux voyages au Mexique, elle était donc une experte autoproclamée sur le sujet.

Ce *serait* une aventure, quoique déprimante. Elle *avait* toujours voulu visiter la patrie de ses parents. Les histoires de sa mère au coucher ont alimenté son imagination d'enfant. Certains étaient carrément effrayants, mais d'autres racontaient une histoire de héros qui ont persévéré contre vents et marées.

Amara a raconté une de ces histoires lors d'une soirée pyjama quand ils étaient plus jeunes.

"Je veux en entendre un", a déclaré Izzy.

"Êtes-vous sûr? Je ne veux pas que tu fasses des cauchemars », a plaisanté Amara.

Izzy hocha la tête avec enthousiasme pour qu'elle continue.

"Ok, ça y est", a répondu Amara. Elle se racla la gorge en

préparation. Baissant sa voix de quelques octaves pour l'effet, elle commença. "En 1768, mon grand, grand, grand, grand, un groupe de grands, grand-père, Don Manuel Rivera est arrivé sur les rives de San Blas avec un groupe de 116 personnes d'Espagne pour coloniser le territoire. Après avoir épousé la fille d'un dieu aztèque, il a construit une maison sur la montagne sacrée où les dieux auraient gardé le trésor d'un ancien naufrage à destination du roi d'Espagne. Un démon des enfers a jeté une malédiction sur la famille qui ne peut être brisée que par le retour de l'enfant perdu.

"Qui est l'enfant perdu ?" demanda Izzy.

"Comment pourrais-je savoir?" Elle a ri.

"Comme un conte de fées?" demanda sarcastiquement Izzy.

"Les contes de fées n'ont pas de démons," répondit-elle sèchement.

"Certains le font", a répliqué Izzy. « Et les frères Grimm ?

Elle sourit au souvenir puis éteignit la lumière et ferma les yeux. Le sommeil est venu rapidement, les rêves étaient vifs. Quelques instants plus tard, elle marchait dans la rue de la ville natale de ses parents vêtue de vêtements du début du XIXe siècle. Cela ressemblait à une scène de certains des tableaux accrochés aux murs du restaurant où elle travaillait.

Un martèlement fort et rythmé attira son attention sur un groupe d'hommes construisant une scène au milieu de la place. Une bannière soufflant au vent déclara la victoire du père Mercado sur les Espagnols, reprenant Tepic le 1er décembre 1810.

Elle a marché dans la rue à la recherche de quelque chose mais sans savoir quoi. Une aire de restauration sur sa droite occupait un demi-pâté de maisons en face de la place. Des chicharones crépitaient dans une cuve d'huile qui gargouillait sur une flamme nue. Les délicieux arômes de la viande faisaient gronder son estomac de défi.

"Entre!" Encouragé une jeune femme, lui faisant signe d'entrer.

Dans le coin, une vieille dame, qui ne devait pas avoir moins de quatre-vingt-dix ans, a sorti des tortillas faites à la main. Elle les lança sur le plus gros comal qu'Amara ait jamais vu. Sa mère faisait des tortillas comme ça le dimanche et les occasions spéciales.

"Carnitas et jus, s'il vous plaît", a dit Amara à la femme derrière la table.

La femme sourit et lui tendit une assiette en terre cuite de carnitas et de tortillas bien chaudes. Elle attrapa la machette accrochée au mur, coupa le dessus de la noix de coco et versa le lait dans une tasse qu'Amara accepta avec empressement. S'installant sur un banc à proximité, elle arracha un morceau de tortilla et ramassa de tendres morceaux de porc savoureux qui fondirent dans sa bouche.

Une fois terminé, elle sortit une pièce d'argent de son sac à main et la frotta entre ses doigts. La gravure 'Ferdin VII 1810' était écrite respectivement sur le côté gauche et en bas. Elle le tendit à la femme et traversa la rue pour voir de quoi il retournait sur la place.

Un homme prononçait un discours passionné sur

l'indépendance du Mexique vis-à-vis de l'Espagne après la prise de Tepic par le père Mercado. Des cris chaleureux de "Viva Mexico!" résonnait dans la foule. La ville était en effervescence de la célébration qui aurait lieu plus tard dans la soirée. Un groupe d'enfants a couru sans se soucier de l'importance du moment.

« Amara ! Mon amour!" Elle se tourna pour voir un homme étrange courir vers elle. « Amor, je t'ai cherché partout. Où étais-tu?" L'homme parlait avec tant de passion dans ses paroles et de gentillesse dans ses yeux.

"Je crois que tu m'as confondu avec quelqu'un d'autre," répondit Amara et se tourna pour s'éloigner. J'aimerais être *la* femme qu'il recherche, pensa-t-elle en admirant son beau visage et ses lèvres épaisses et juteuses.

"Comment peux tu dire ca? Il n'y a qu'une seule femme aussi précieuse que toi. L'homme répondit énergiquement. Elle essaya à nouveau de s'éloigner mais il posa fermement sa main sur son avant-bras pour la retenir.

Son discours était une version romancée de l'espagnol qu'elle n'avait lu que dans de vieux livres. On ne lui avait jamais parlé comme ça auparavant, encore moins par les garçons avec qui elle était allée au lycée. Ils étaient grossiers, immatures et manquaient à peine de capacité à construire une phrase complète.

"J'espère que vous trouverez *votre* Amara, mais malheureusement, je ne suis pas elle", a-t-elle dit à l'homme en imitant son niveau de drame. L'homme avait l'air malade d'amour ; yeux de couleur ambre brillant contre la lumière du soleil.

« *Tu* es mon Amara. M'as-tu oublié si tôt ? Il lui a demandé, insistant sur le fait qu'elle était celle qu'il cherchait.

"Quel est ton nom?" a demandé Amara.

"Je m'appelle Porfirio Gutierrez de los Santos, mais vous saviez déjà que mon amour", a répondu l'homme clairement agacé. Il croyait vraiment ce qu'il disait. Il la regarda avec tant d'intensité et de désir. La douleur dans son cœur indubitable. Elle se sentait presque désolée pour lui. Blessé par un cœur brisé, il a vu son amour sur le visage de tous ceux qu'il a rencontrés. Amara n'avait jamais été amoureuse auparavant, donc elle n'était pas exactement qualifiée pour parler de l'émotion, mais ce pauvre homme était tout simplement perdu avec ça.

"Laisse moi partir silteplait." demanda Amara, se libérant de son emprise.

Une forte détonation la ramena dans le monde réel, même si elle voulait désespérément que le rêve continue. « Amara réveille-toi. Il est temps de partir." Marta l'a informée.

Essuyant le sommeil de ses yeux, elle balança ses jambes sur le côté du lit. "J'arrive."

Elle se rappela son rêve. Cela semblait si réel. Elle attrapa son journal posé sur la table de chevet et nota les seuls éléments dont elle pouvait se souvenir :

Porfirio Gutiérrez de los Santos

Père Mercado 1er décembre 1810

Chapitre deux

Ils sont arrivés à l'aéroport avec peu de temps à perdre. Israël a serré sa femme dans ses bras et l'a embrassée passionnément sur les lèvres. Amara pouvait voir les larmes dans ses yeux. Il perdait l'amour de sa vie. Leur seul espoir était qu'Amara ait vingt et un ans dans deux ans afin qu'elle puisse commencer le processus pour documenter ses parents.

Elle se sentait coupable, même si elle savait que ce n'était pas sa faute. Une fois sa mère partie, il n'y a pas eu de retour. Ses parents ont sacrifié leur vie pour lui donner la chance qu'ils n'ont jamais eue de grandir dans la campagne mexicaine. Amara a étreint son père et a promis de s'occuper de sa mère. Ils ont fait leurs derniers adieux et sont montés dans l'avion.

Son oncle Roberto venait les chercher à l'aéroport de Guadalajara et les conduisait chez sa grand-mère à Jalcocotan. Amara a dormi la majeure partie du vol en essayant de revenir au rêve qu'elle avait été brusquement réveillée ce matin-là. Elle ne pouvait chasser Porfirio Gutierrez de son esprit. Ses longs cheveux noirs qui pendaient délicatement de ses épaules, sa peau brune lisse parfaitement embrassée par un soleil impitoyable.

Une vague de turbulences la tira de ses pensées. D'après sa montre, ils atterriraient bientôt. Amara n'était jamais allé au Mexique auparavant. Elle était nerveuse et excitée à la fois. À part les photos sur Internet ou les quelques photos de la collection de ses parents, elle ne savait pas trop à quoi s'attendre. Sa mère l'a décrit comme le paradis sur terre. Ses yeux scintillaient lorsqu'elle parlait de sa patrie et de la résilience de son peuple. Amara était heureuse de pouvoir partager cette expérience avec elle.

Quand ils ont atterri, Amara a sorti leurs sacs du bac de rangement supérieur alors qu'ils descendaient de l'avion. Elle s'est arrêtée pour remplir le formulaire de son visa de visiteur puis sur la réclamation des bagages pour le reste de leurs bagages.

"Maman, es-tu heureuse ?" Amara a demandé à sa mère. Elle pouvait dire que sa mère était déchirée entre le pays qu'elle avait appris à aimer et le pays qui vivait dans son cœur.

Souriant largement Marta, lui assura qu'elle l'était. Elle était enfin à la maison. Dans d'autres circonstances, cela aurait été moins sombre. Heureux même. Amara ne pouvait pas imaginer comment sa mère devait se sentir en sachant que sa propre mère était peut-être en train de mourir. La douleur aggravée par les années qui avaient passé. Les visages de ses proches se sont maintenant ridés avec l'âge et les difficultés.

Marta envoyait de l'argent à sa mère tous les mois, mais l'argent ne pouvait jamais racheter le temps qu'ils avaient perdu. Les années passées par maman Erlina à attendre le retour de sa fille unique étaient désormais floues. Elle allait enfin réaliser son vœu, mais à quatre-vingt-quatorze heures, le temps était compté pour la vieille femme.

Roberto se tenait dans la zone d'attente des arrivées internationales lorsqu'ils ont franchi les portes. « Martita ! cria-t-il en courant vers eux. Il prit sa petite sœur dans ses bras et la fit pivoter. Beaucoup de choses avaient changé au cours des vingt années où elle était partie. Son grand frère approchait alors la soixantaine. L'apparence enfantine a été remplacée par des années de travail à s'occuper des vergers.

"Être à. Comment as-tu été?" Marta lui rendit son enthousiasme. Le regret du temps qui passe s'insinuait dans son âme. Parler au téléphone ne remplacerait jamais d'être présent dans la vie des gens. Elle a décidé de ne pas ressasser le passé, mais plutôt de profiter du temps qu'il lui restait avec sa famille.

Roberto a porté leurs valises jusqu'à son camion qui les attendait. Le soleil allait bientôt se coucher.
Le ciel ressemblait à une toile peinte, des touches de couleurs vibrantes donnant de l'espoir à la promesse d'un nouveau jour. Amara était hypnotisée. Ses yeux s'écarquillèrent de crainte lorsqu'ils traversèrent Guadalajara. La cathédrale de l'Assomption de Notre-Dame se dressait dans toute sa splendeur majestueuse dans la Zona Centro. L'architecture environnante a raconté une histoire d'il y a longtemps lorsque l'Espagne avait le pays sous sa coupe. Roberto a indiqué les lieux d'intérêt et a donné une brève leçon d'histoire pour les accompagner.

Amara était contente d'y être allée. Non pas que sa mère l'aurait laissée rester à la maison. Elle était soudain avide de toutes les informations qu'elle pouvait entendre sur la terre de ses ancêtres. Elle avait aussi faim de quelque chose à manger. Ils se sont arrêtés pour manger un morceau dans un petit stand de tacos à l'extérieur de Guadalajara. Elle a savouré les tendres morceaux de viande juteuse complétés par une tortilla enroulée. La guirlande de lumières décrivant le coin salon dans la cour projetait une lueur chaleureuse sur leur table. La musique d'un groupe jouant dans le coin couvrait le son des autres convives.

C'était à trois heures de route de la maison de sa grand-mère à Nayarit. Ils ont traversé la ville de Tequila en chemin, s'arrêtant pour utiliser les toilettes. Amara a pris quelques photos pour son Instagram et a pris deux shots de tequila.

De retour sur la route, ils ont failli être tués lorsqu'un conducteur présumé ivre les a attaqués de front. Roberto a fait une embardée, manquant de peu le SUV sur leur chemin. Marta, qui avait une poigne mortelle sur la poignée de la porte, murmura une prière de protection sur eux.

"Amen", a déclaré Marta à l'unisson avec Roberto, Amara a emboîté le pas. « Frère, dis-moi la vérité. Qu'est-ce qui se passe vraiment avec ma maman ?

"Honnêtement, elle est très malade. Nous ne voulions pas vous inquiéter, soeurette. explique Roberto.

« C'est aussi ma mère, Beto, j'ai le droit de connaître son bien-être ! Marta a répliqué. Elle n'avait aucune envie de discuter. De plus, sa colère n'était pas contre son frère, mais contre elle-même. *Elle* avait laissé passer les années. Plus de vingt ans depuis la dernière fois qu'elle avait vu le visage de sa mère était une pilule difficile à avaler.

Le reste du trajet, Amara a lutté contre le mal des transports dû aux virages constants de la route. Roberto lui a assuré qu'ils seraient là bientôt. Elle s'appuya contre la fenêtre et s'assoupit. En quelques minutes, elle s'endormit, plongée dans la poursuite du rêve qu'elle avait fait la nuit précédente. Le tintement du clocher de l'église retentit. Chaque carillon appelant les paroissiens à sa porte. Elle suivit le son et entra dans le domaine sacré.

Le père Faustino s'est préparé à donner la messe alors que la congrégation affluait. Un groupe de femmes a chuchoté son nom alors qu'elle passait. Amara ne reconnut pas leurs visages. Elle sourit poliment et s'assit au dernier rang de l'église, les yeux des paroissiens brûlant sur elle. Le père Faustino a commencé le service, détournant l'attention d'elle. Elle est partie avant la fin du service pour éviter les regards curieux des citadins.

Bien qu'elle n'y soit jamais allée auparavant, il s'agissait sans aucun doute de Jalco. Il avait l'air plus primitif que sur les vieilles photos de ses parents. Un homme d'âge moyen a vendu du tejuino dans un kiosque à jus au coin de la rue en l'appelant la "boisson des dieux". A juste titre, c'était délicieux.

« Amara ! Amara !" Une jeune fille qui semblait avoir environ sept ans a crié en courant vers elle. L'enfant enroula ses bras autour d'elle et poussa un cri de joie.

Ne voulant pas être impolie, elle a joué le jeu.

"Bonjour. Qu'y a-t-il avec toute cette excitation ? » Amara a demandé à la petite fille.

« Amara, tu es de retour », répondit l'enfant.

« Je pense que vous me confondez avec quelqu'un d'autre.

Je suis désolé, mais je n'ai pas de sœur. Amara a expliqué.

"Ce n'est pas vrai!" cria la fille, visiblement bouleversée. Amara a essayé d'apaiser l'enfant.

« Comment t'appelles-tu, chérie ? » Amara lui a demandé.

"Je m'appelle Catarina", a répondu la jeune fille.

« Catarina, veux-tu que je te raccompagne chez toi ? elle a offert.

A en juger par sa réaction, elle devait avoir l'air familière à la jeune fille. Peut-être qu'elle avait un Doppelganger. Ils marchèrent jusqu'à la périphérie de la ville puis montèrent un escalier de terre jusqu'à la maison de Catarina.

« Ça y est », dit Catarina en pointant vers un adobe à deux étages construit à flanc de montagne. La porte était composée de deux grandes planches taillées dans un arbre de Guanacaste.

Catarina poussa la porte et invita Amara à entrer. Une odeur familière de fumée et de bois brûlé imprégnait l'intérieur de la maison. Une femme, vraisemblablement la mère de la fille, cuisinait au-dessus d'un foyer dans l'arrière-cour. Amara a dit au revoir à Catarina, se tournant pour partir au milieu des protestations.

« Amara ? Amara, c'est toi ? La femme a crié frénétiquement, courant dans la maison.

« Amara ! Se réveiller!" Marta commanda. La femme et l'enfant avaient disparu. Elle regarda autour d'elle en essayant de se concentrer.

"Quoi? Où sommes-nous?" Elle ne s'adressait à personne en particulier.

« Vous êtes arrivé au château », déclara Roberto en riant de sa propre blague.

Elle a sauté du camion, à moitié endormie.

Chapitre trois

Quand Amara leva les yeux, sa bouche toucha presque le sol. C'était la maison de son rêve ! Du béton maintenant, mais c'était la même maison dont elle était sûre. Colonial espagnol construit à flanc de montagne, et la même rue pavée, comme dans son rêve. Déjà vu était un euphémisme.

Amara a pris leurs bagages à l'intérieur et a attendu d'être montré à leur chambre. Elle envisagea de parler à Marta du rêve mais savait que sa mère le rejetterait. Elle l'a chassé de son esprit, se concentrant plutôt sur l'intérieur rempli de meubles vieux de deux cents ans. Selon Marta, le sol en granit a été installé au milieu du XIXe siècle. En parcourant les photos sur le mur, elle s'émerveilla des visages sévères de ses ancêtres. La maison appartenait à la famille Rivera depuis plus de deux cents ans, construite en 1769, peu de temps après l'arrivée de Don Manuel sur les rives de San Blas dans ce qui était alors connu sous le nom de Nueva España.

Les histoires au coucher sur les conquistadors espagnols et diverses batailles pour l'indépendance du Mexique vis-à-vis de l'Espagne avaient été un incontournable de la nuit pendant l'enfance. Enfin, elle était là où tout s'est passé. De braves guerriers, hommes d'honneur, ont donné leur vie pour libérer le Mexique de la monarchie espagnole. Amara avait toujours eu l'impression qu'une partie d'elle manquait, ici elle se sentait complète ; comme si elle appartenait. Elle a fait une note mentale pour explorer sa patrie ancestrale autant que possible.

Roberto les conduisit dans leur chambre au troisième étage. Il était une fois qu'il appartenait à son homonyme, la neuvième grande tante, Amara Rivera et finalement, Marta. Amara avait été la première femme Rivera née sur le sol mexicain. La légende raconte qu'elle a quitté la maison pour travailler dans des champs de tabac à Sonora et n'est jamais revenue.

Amara était en admiration devant sa maison ancestrale. Qui ne le serait pas ? La maison elle-même a été construite autour d'une montagne de pierre. Le mur du fond formé par des couvertures de lave chaude qui jaillissaient autrefois de l'ancien volcan sur la montagne directement de l'autre côté de la vallée. Elle effleura de ses mains la surface rugueuse, ses doigts lisant comme du braille.

Une énergie intense rayonnait de la pierre. La légende disait qu'il avait des propriétés curatives. Apparemment, les gens venaient de kilomètres à la ronde juste pour le toucher. Lorsque l'aîné Amara a disparu, les habitants de la ville ont dit qu'il était maudit. Même les cultures refusaient de pousser, comme si toute la montagne était morte.

Amara déballa les bagages et rangea leurs vêtements dans l'armoire. Elle se sentait inexplicablement connectée à tout ce qui s'y trouvait. Marta lui a parlé une fois de pièces et de passages cachés, mais a dit qu'il était interdit d'entrer. Elle a fait une autre note mentale pour enfreindre les règles au moins une fois.

Elle avait tellement de questions à poser, mais personne ne semblait intéressé à parler de légendes urbaines. C'était tout naturel pour eux, rien d'excitant, mais Amara voulait en savoir plus. Son histoire familiale était ancrée dans cette maison et voulait apprendre tout ce qu'elle pouvait à son sujet, et sur eux.

« Ta grand-mère attend », lui rappela Marta.

Amara se leva et suivit sa mère dans les escaliers menant à la chambre de sa grand-mère. La vieille femme avait l'air frêle et pitoyable allongée sur le lit dans un pyjama rose pâle que Marta lui avait envoyé pour Noël l'année dernière. Les yeux de la vieille femme s'illuminèrent lorsque Marta entra dans la pièce. Comme le soleil sortant de derrière un nuage un jour de pluie, Mama Erlina a pris vie.

« Ma Martita », cria la vieille femme. "Viens ici Martita." Les bras tendus de maman Erlina s'ouvrirent largement pour recevoir son plus jeune enfant.

"Oui maman, ta Martita est là." dit Marta alors que ses yeux se remplissaient de larmes. Deux grosses gouttes coulèrent sur son visage et éclaboussèrent le devant de sa chemise. Voir sa mère dans cet état était presque trop pour Marta. Il était presque trop tard. Le visage de la vieille femme, lisse et sans défaut quand elle est partie, maintenant tacheté et ridé par l'âge.

Maman Erlina tremblait d'émotion alors que les larmes coulaient sur ses joues. Prier Dieu chaque nuit de renvoyer sa petite fille à la maison; enfin, ses prières ont été exaucées. Elle le remerciait alors qu'elle tenait Marta dans ses bras frêles.

Maman Erlina ne voulait pas inquiéter sa fille unique. Elle voulait qu'elle soit heureuse en Amérique, pas qu'elle passe sa vie à s'inquiéter pour une vieille dame. Chaque dimanche, elle voulait lui dire la vérité mais n'avait pas le cœur de la lui dire. Elle aimait tellement Marta que son bonheur signifiait plus pour elle que son propre besoin égoïste de revoir sa fille unique avant que le bon Dieu ne l'appelle à la maison. Roberto a dû se faufiler dans son dos, pensa maman Erlina, mais elle était heureuse de l'avoir à la maison de toute façon.

"C'est le plus beau jour de ma vie", a-t-elle dit, la voix à peine au-dessus d'un murmure. Elle combattait le Grim Reaper depuis un certain temps mais refusait de lâcher prise.

« Moi aussi », lui assura Marta. "Maman, c'est la fameuse Amara", lui dit Marta d'une voix forte. La déficience auditive de maman Erlina l'exigeait.

"Bonjour maman Erlina. Je suis très heureux de vous rencontrer », lui a dit Amara. Elle se pencha et serra sa grand-mère dans ses bras.

"Le plaisir est pour moi, mon enfant", a répondu maman Erlina. La vieille femme lui fit signe de se pencher plus près. « *Tu es l'élu* », murmura-t-elle à l'oreille d'Amara.

Amara sourit maladroitement. Sa grand-mère l'appelait l'élue. Choisi par qui ? Pensant qu'il s'agissait du bavardage d'une vieille femme malade, elle l'oublia temporairement.

Ils restèrent assis tous les trois à parler jusqu'à ce que maman Erlina s'endorme. Marta est allée à la cuisine pour préparer le dîner. La maison avait été modernisée depuis qu'elle y habitait. Elle avait envoyé de l'argent pour payer une cuisine et une salle de bains intérieures il y a quelques années. La fumée des feuilles brûlées et la cuisson au feu de bois avaient causé des dommages irréversibles aux poumons de Mama Erlina.

22

Chapitre quatre

Pendant que Marta préparait le dîner, Amara explorait son environnement. Elle étudia les photos de famille ornant les murs de chaque pièce. La seule ampoule qui pendait au plafond éclairait peu la pièce. Roberto a dit qu'elle trouverait une lampe de poche sur son étagère à outils dans le corral. Il lui fallut environ une minute pour comprendre qu'il parlait du patio arrière. Il était sur l'étagère comme promis. A six heures du soir, il faisait déjà nuit dehors, peu importe. Amara était en mission.

Elle commença à monter au troisième étage quand son oncle l'arrêta. "Où vas-tu, mon enfant ?"

« Dans ma chambre… pour mon téléphone », a-t-elle ajouté un autre mensonge à la liste. C'était difficile à voir dans *le* noir, raisonna-t-elle.

Il lui attrapa le bras. « Ce que vous cherchez, vous pouvez le trouver. Souviens-toi de ça. Il lui tapota le dos et s'éloigna. Amara continua à monter les escaliers.

Qu'est-ce que c'était censé vouloir dire ? Elle se demandait. Que pensait-il qu'elle cherchait ? Lui donnait-il sa bénédiction pour explorer la maison ? Elle a pris ses paroles comme telles.

Amara continua jusqu'au troisième étage. L'intérieur de la

chambre qu'elle partageait avec sa mère semblait être un bon point de départ. Après tout, il *avait* appartenu à Amara Rivera qui a disparu dans des circonstances extrêmement sommaires. Frottant ses mains sur la texture spongieuse et rugueuse du mur, elle chercha les incohérences. Un passage secret devait avoir une entrée, n'est-ce pas ? Elle a canalisé son détective intérieur à la recherche d'un moyen d'entrer.

Quelque chose d'étrange attira son attention. Bien que caché par une grande armoire, il y avait une incohérence dans le mur de pierre derrière. Elle poussa l'armoire sur le côté et posa ses mains sur le mur. La pulpe de ses doigts explora la surface bosselée. D'abord un lent grondement, puis le crissement de la pierre raclant la pierre et l'odeur de soufre s'infiltra. Le sol vibra, le mur s'ouvrit pour révéler une entrée. Un souffle d'air chaud se déversa de l'espace ouvert. Elle braqua sa lampe de poche dans l'obscurité pour mieux voir.

Ce n'était pas la pièce effrayante et infestée de toiles d'araignées à laquelle elle s'attendait. Juste une chambre normale avec le lit, la table de chevet, le lavabo, l'armoire et le bureau attendus. Un rideau était suspendu à une fenêtre sur le côté gauche de la pièce et à une porte sur la droite.

Amara fit le signe de la croix et dit une prière : « *Au nom du père, du fils et du saint esprit, Amen* ». Avec cela, elle avait la protection dont elle avait besoin pour continuer.

Elle repoussa l'armoire et franchit la porte ouverte. Une fois à l'intérieur, la porte se referma derrière elle et disparut. Comme s'il n'avait pas été là du tout. Comment s'en sortirait-elle ? Comme elle était déjà à l'intérieur, elle s'inquiéterait de sortir le moment venu.

Amara avait tellement de questions et était déterminée à trouver les réponses. Pourquoi y avait-il des pièces et des passages cachés ? Qui les a fabriqués ? Qu'est-il arrivé à Amara Rivera qui a jeté une malédiction sur la famille ? Son oncle Roberto a peut-être les réponses, mais parlerait-il ? Marta s'est tue lorsqu'on lui a parlé de secrets de famille en disant qu'il valait mieux laisser les morts reposer en paix.

Une autre préoccupation était la maladie de sa grand-mère. Est-ce dû à la malédiction de la famille ou à des causes naturelles ? Sa grand-mère avait plus de quatre-vingt-dix ans, mais jusqu'à récemment, elle était active et en bonne santé. La vieille femme marchait tous les jours sur les deux milles de la montagne jusqu'à la ville et retournait, puis un jour sur l'autre, elle était alitée. Quelque chose n'allait pas. Du tout. Ensuite, il y a eu ce qu'elle a dit sur le fait qu'Amara était l'élue. Choisi par *qui* ?

La pièce correspondait presque exactement à celle qu'elle et sa mère partageaient, bien qu'il s'agisse d'une version plus primitive. Une lampe à huile posée sur le bureau dans le coin la seule différence. Il y avait aussi une armoire devant l'entrée de l'autre côté. À l'intérieur se trouvait une belle collection de vêtements traditionnels du début du XIXe siècle. Ils avaient été récemment lavés et repassés. La chambre avait également été nettoyée. L'odeur de l'huile de citron vert imprégnait l'air. Étrange, pensa-t-elle. Qui nettoierait une supposée pièce cachée ? Oncle Roberto ? C'était bizarre.

Elle a sorti son téléphone portable, pris quelques photos et enregistré une vidéo rapide. Entendant des voix, elle se dirigea vers la fenêtre et jeta un coup d'œil derrière le rideau. S'attendant à voir sa mère et Roberto parler à un voisin, elle ne reconnut personne. Les femmes étaient habillées dans le même style vestimentaire que celles accrochées dans l'armoire. Des jupes aux couleurs vives, des chemisiers blancs brodés, des châles enroulés autour de leurs bras. Elle a supposé qu'ils devaient aller au festival qui se déroulait sur la place.

La curiosité l'emportant, elle poursuivit son exploration. Elle ouvrit la porte et sortit dans un long couloir. L'arôme du kérosène qui s'échappait des lampes à huile accrochées aux murs la rendait mal à l'aise. Elle entra dans la pièce voisine en examinant le contenu. C'était comme l'autre, à l'exception d'un tableau vraisemblablement de la famille Rivera. Elle a pris une photo pour l'ajouter à sa collection. Le même style de couette au milieu de la pièce avec une commode et un bureau. Les pièces semblaient... habitées, mais par qui ? Cette partie de la maison n'était-elle pas interdite ? Interdit?

Elle se dirigea vers le bureau et ouvrit le tiroir du haut. Parmi une pile de papiers se trouvaient une carte de San Blas et une de Jalco. À l'intérieur d'une enveloppe en parchemin se trouvait l'acte de propriété de sa grand-mère. La terre a été attribuée par décret royal à son ancêtre Don Manuel Rivera. La moitié de la ville lui appartenait, selon les documents. Le tiroir du bas contenait des lettres du roi d'Espagne datées de 1770 à 1808. Toutes en parfait état. Ce doivent être des reproductions, il n'y a aucun moyen qu'elles soient réelles, pensa-t-elle.

Lui jouaient-ils un tour ? Pourquoi dire que c'était un secret alors qu'il était clairement utilisé, nettoyé et entretenu ?

Cela pourrait faire partie de la célébration du 200 [e] anniversaire de la capture de Tepic par le père Mercado, contra-t-elle, se livrant activement à un jeu mental de bon flic/méchant flic.

En fermant le tiroir, un objet lourd a heurté le sol sous le bureau. Elle mit sa main dessous et chercha le coupable. Une inspection plus approfondie a conclu qu'il s'agissait d'une clé antique; crâne et os croisés en étain. Instinctivement, elle le fourra dans son sac à dos. Un réflexe, vraiment. Comme un aimant, sa main y était attirée.

Dans le couloir, Amara fut invitée à entrer dans une pièce au fond du couloir. La lueur rouge sortant de sous la porte dégageait une odeur âcre. Soufre. Elle sentit la chaleur irradier de la poignée de porte avant même de la toucher. Elle sortit un sweat-shirt de son sac à dos et tourna prudemment le bouton, se préparant à ce qui l'attendait de l'autre côté.

« Amar-rra », ronronna une voix rauque dans un murmure chantant. Je ne sais pas si c'était réel ou imaginaire, les poils vaporeux à l'arrière de son cou se sont levés, suivis de la chair de poule. Elle n'était plus seule.

La chaleur intense frappa avant qu'elle n'entre dans la pièce. Le mur du fond recouvert d'une fine cascade de lave chaude tombant dans l'inconnu en contrebas. Des veines rouges remplies de lave couvraient les murs comme des vignes, pulsant, rappelant le sang de la vie qui coulait à travers un corps.

« Amarr-ra ! » La voix est devenue plus forte et plus urgente.

Effrayée, elle se retourna et courut hors de la pièce en claquant la porte derrière elle. Le couloir plus long qu'avant, entouré d'épais murs volcaniques noirs. Elle tendit la main pour les toucher. Ils avaient la même texture que le molcajete que sa mère utilisait pour faire de la salsa. L'énergie qui émanait d'eux était intense, magnétique.

Il faisait noir maintenant, à l'exception de la lampe à pétrole qui brûlait à l'autre bout du couloir près de l'escalier. Avait-il brûlé tout le temps ? Elle ne s'en souvenait pas. Elle se sentait désorientée et voulait partir, mais son cerveau et son corps n'étaient pas d'accord.

"Amarr-ra." La voix appela à nouveau. Elle a essayé de le bloquer.

Quand elle atteignit la chambre à l'entrée, elle plongea à l'intérieur en verrouillant la porte derrière elle. Elle frappa frénétiquement sur les murs pour ouvrir la porte, mais rien ne se produisit. Se souvenant comment elle l'avait ouvert avant d'étendre ses doigts et de placer ses paumes sur le mur.

Avec un grondement sourd, la porte s'ouvrit à nouveau. Elle est repassée de l'autre côté.

Chapitre cinq

Amara ouvrit les yeux et regarda autour d'elle. Avait-elle dormi ? Elle ne se souvenait même pas de s'être allongée. Était-ce juste un autre rêve ? Elle ramassa son sac à dos par terre et chercha la clé à l'intérieur. C'était là ! Elle l'a nettoyé du mieux qu'elle a pu avec une lingette démaquillante. Des pierres précieuses finement disposées révélées sous des années de poussière, les yeux des diamants noirs. Qu'est-ce qu'il a ouvert ?

Elle remit la clé de son sac à dos et descendit. Tout le monde était réuni autour de la table, même Mama Erlina, ce qui était inattendu.

"Désolé, je suis en retard", a offert Amara, mais personne ne l'a reconnue. Elle ne savait pas depuis combien de temps elle dormait. À première vue, elle avait raté la première moitié du dîner.

Elle attrapa une assiette et la remplit des fameuses enchiladas au poulet de Marta garnies de crème, de laitue et d'oignons. Un citron vert fraîchement pressé de l'arbre pour plus de saveur et elle était prête à creuser. Marta, Roberta et Mama Erlina étaient tellement absorbées par la conversation qu'elles ne l'avaient même pas remarquée.

"Mamá, à quelle heure allons-nous sur la place ?" demanda

Amara, s'assurant qu'elle avait le temps de se préparer. Ayant entendu parler des fêtes par ses parents, elle était impatiente de voir de quoi il s'agissait. Marta n'a pas répondu à la question. Je ne l'ai même pas regardée. Était-elle en colère contre elle parce qu'elle était en retard ? Elle ne l'avait jamais traitée comme ça auparavant.

"Oncle? À quelle heure partons-nous?" Amara a demandé à Roberto Sûrement, il ne l'ignorerait pas non plus. Il a continué à parler à Marta et Mama Erlina. Aucun d'eux ne l'a même regardée quand elle a parlé. C'était comme si elle n'était même pas là.

Cela devenait bizarre, ou à tout le moins, enfantin. Être en retard pour le dîner n'était pas la pire chose qu'elle ait jamais faite. Une fois, elle a séché l'école pour aller au centre commercial pour une rencontre avec une star d'iCarly et a été punie pendant un mois, mais ses parents lui ont quand même parlé. Maintenant, même son oncle et sa grand-mère l'ignoraient.

Elle sentit un frisson froid sur la nuque, puis entendit son nom. « *Amar-rrra* ». C'était encore là, comme avant. Personne d'autre ne l'a entendu ? Un croisement entre un murmure et son propre subconscient, la voix a touché son âme même, lui faisant signe de suivre.

« Amar-rrra ! » Elle le suivit jusqu'au corral. Cela n'avait plus la même apparence que lorsqu'ils étaient arrivés pour la première fois. Quelque chose n'allait pas. Une lumière émanant du coin arrière du patio attira son attention. Après un examen plus approfondi, elle découvrit l'entrée d'une grotte. Une faible musique jouée au loin.

Était-ce là plus tôt quand elle est sortie chercher la lampe de poche ? Tout était différent maintenant. Fini le jardin avec des fleurs tropicales exotiques, à sa place se trouvait un foyer en pierre avec une grande marmite bouillant sur une flamme nue.

Elle entra prudemment. La lampe de poche qu'elle avait dans son sac à dos n'a pas fait grand-chose pour éclairer l'énorme espace. Elle ne pouvait même pas voir le plafond. Il devait mesurer au moins six mètres de haut, sinon plus. A sa droite, des lanternes flanquaient le mur pour éclairer le chemin. Cela lui rappelait les cavernes indiennes qu'elle avait visitées lors d'une excursion scolaire en sixième et sentait le moisi comme la cave derrière la maison d'Izzy.

Elle suivit le chemin menant à un escalier descendant. Des lanternes éclairaient faiblement les marches. Elle a rallumé la lampe de poche. La chute d'eau qui se brisait au loin calma les nerfs qui la menaçaient d'une crise d'angoisse. Le soufre imprégnait l'air, devenant plus fort à mesure qu'elle descendait. Elle imagina qu'il était chaud comme la marmite bouillant au-dessus du foyer.

L'escalier se terminait dans une pièce peu meublée. Des faisceaux de lumière jaillissaient des volets en bois qui recouvraient les fenêtres. Une petite table et une chaise en bois étaient installées dans le coin opposé à un lit de paille. Quelqu'un habitait-il ici ? Que diraient-ils s'ils trouvaient un étranger chez eux ?

Elle se dirigea vers la porte en bois rustique. Des planches de Guanacaste identiques à celles utilisées pour la porte d'entrée de Mama Erlina. Les poignées en fer ne bougeaient pas. Faisant briller la lampe de poche d'une main, elle passa son doigt sur le grand trou de serrure ouvert.

Elle inséra la clé qu'elle trouva de l'autre côté avec peu d'espoir. Il convenait, mais quelque chose l'empêchait d'entrer complètement. Un stylo de son sac à dos était l'outil parfait pour éliminer l'obstruction. Cette fois, le mécanisme de la serrure grinça de défi. Le WD40 serait utile, pensa-t-elle en luttant pour ouvrir la porte. Elle passa prudemment la tête à l'extérieur et regarda autour d'elle les maisons en briques crues de chaque côté de la route. Elles étaient bien différentes des maisons qu'ils avaient traversées en allant chez maman Erlina. Elle sortit et se retourna pour regarder l'endroit où elle était sortie. Un simple adobe se trouvait discrètement au pied de la montagne. Sa grand-mère avait un passage secret vers la ville ! Prenant plus de photos, elle s'émerveilla de la découverte qu'elle avait faite. Izzy ne la croirait jamais dans un million d'années sans preuves photographiques.

Toujours enthousiasmée par l'aventure, elle s'est tournée vers la musique mariachi qui vibrait dans les maisons. Les sons l'invitaient à se joindre à la célébration. Comme elle n'avait jamais été à une fiesta authentique auparavant, elle était à fond. L'arôme de viande grillée qui flottait dans l'air renforçait son envie d'y aller. *Suivez votre nez* , comme dirait Toucan Sam.

La rue étant déserte, les pas venant de derrière la surprirent. Bavardages distinctifs de jeunes filles vraisemblablement enthousiasmées par les festivités. Marchant d'un pas rapide, ils l'ont rapidement gagnée.

« Excusez-moi monsieur », dit la jeune fille vêtue d'un

châle rouge. Elles étaient habillées comme les femmes de l'autre côté de la fenêtre plus tôt. Les deux autres filles regardaient simplement avec de grands yeux surpris. Amara pouvait les entendre discuter de sa tenue.

"Je n'ai pas reçu de mémo sur le code vestimentaire", a-t-elle répondu sarcastiquement. Qu'est-ce qui n'allait pas avec ce qu'elle portait ? Jeans, pull, baskets Nike et bonnet en tricot. C'était à la mode dans l'Oregon. Cela ne la faisait certainement pas ressembler à un homme.

Secouant l'indignation, une pointe de culpabilité lui traversa l'esprit. Sa famille viendrait-elle à la fête ou la chercherait-elle ? C'était une longue marche jusqu'à la maison de Mama Erlina en haut de la montagne. Sortant le portable de sa poche arrière, elle tapota le numéro de sa grand-mère sur l'écran. Pas de signal. Cela a fonctionné plus tôt dans la journée lorsqu'elle a posté sur Instagram. Je suis sûre qu'ils seront là, raisonna-t-elle et continua vers la place.

Elle marcha encore deux pâtés de maisons puis tourna à gauche au coin. Les citadins étaient tous habillés authentiquement pour la célébration. Elle ne se sentait pas à sa place. Est-ce que sa mère et sa grand-mère seraient aussi habillées comme ça ? Cela expliquerait les robes dans l'armoire. Debout derrière un grand arbre de l'autre côté de la rue, elle observait tranquillement. Le commentaire de la jeune fille la fit se sentir mal à l'aise.

Les gens se sont rassemblés autour de la scène dansant sur la musique. D'autres étaient assis le long des bancs de béton juste à regarder. Une grande banderole flottait au-dessus de la tête proclamant le 1er décembre 1810 Journée du Père Mercado. Aucune mention de ceci étant la $^{200\text{ème}}$ célébration.

Tout avait l'air différent de ce qu'il avait quand ils sont passés par là en rentrant de l'aéroport. La boutique au bord de la place avait disparu. Peut-être qu'elle était juste confuse. Ils s'étaient arrêtés plus tôt pour un bar à crème glacée qui se vantait de la même recette que celle utilisée par la famille depuis plus de cinquante ans. C'était la préférée de Marta lorsqu'elle était fille. Elle a insisté pour qu'Amara en essaie un, ce qui n'a pas déçu.

Comment un bâtiment entier disparaît-il ? Elle se demandait à haute voix. Prenant une note mentale pour enquêter plus avant, elle l'a temporairement sorti de son esprit. Un jeune homme chevauchant un mur de briques sous l'arbre d'en face attira son attention. Elle plissa les yeux pour mieux le voir. Sortant son portable, elle zooma et prit sa photo.

Il était le portrait craché de Porfirio Gutierrez, l'homme de son rêve. Amara riait à quel point elle devait paraître ridicule. Le dialogue dans sa tête a dû créer le fantasme qu'elle voyait. Son désespoir pour l'aventure était-il si pathétique qu'elle imaginait des choses qui n'étaient même pas là ?

Elle s'est rapprochée de la foule. Se rapprochant inconsciemment du mur, plus près de lui. Il était probablement le plus bel homme qu'elle ait jamais vu. Il n'y avait aucun doute là-dessus, il ressemblait exactement à Porfirio. Lorsque leurs yeux se rencontrèrent, il sauta immédiatement du mur et courut vers elle.

"Amara, mon amour, où étais-tu?" Il a plaidé dans la

chanson familière, la voix désespérée, agrippant fermement son bras.

"Je vous connais?" demanda Amara en se dégageant de son emprise. Elle devait rêver.

« Amor, pourquoi es-tu habillé comme ça ? Que t'ont-ils fait?" implora-t-il, presque en larmes.

Quelle est l'obsession de mes vêtements? Pensa-t-elle, agacée par la seconde critique de la journée. Cela devenait trop réel. Dormait-elle encore ? Elle venait juste d'arriver en ville et n'avait encore rencontré personne à part son oncle, pourtant cet homme croyait la connaître. Même si elle devait l'admettre, il était tout aussi fringant que l'homme de son rêve.

"Quel est votre nom?" demanda Amara, ignorant ses questions.

Le jeune homme recula comme s'il avait été offensé. "Je suis Porfirio Gutierrez de los Santos, comment se fait-il que vous ayez oublié, amor?" il attira sa main près de lui, s'inclinant légèrement alors qu'il l'effleurait d'un baiser. "Tu es ma fiancée."

Elle retira sa main. "Monsieur. Gutierrez, je ne suis pas celle que vous pensez que je suis », a-t-elle expliqué.

"Amara Rivera, tu es l'amour de ma vie." Il a répondu.

Le sol vacilla sous ses pieds comme s'il était fait de Jell-O. Rêvait-elle ? Elle devait l'être. Amara Rivera, née en 1792, exactement 200 ans avant elle jour pour jour. Elle était décédée depuis longtemps. Elle s'est retournée pour s'enfuir mais s'est évanouie dans les bras de Porfirio. Il la posa doucement sur le sol, lui éventant le visage avec sa main jusqu'à ce qu'elle reprenne conscience.

« Je ne me sens pas bien, je veux rentrer chez moi », dit-elle d'une voix faible.

"Je vais vous aider." Il a répondu.

Chapitre six

Ils traversèrent la place et traversèrent la rue. Porfirio offrit son bras, qu'elle accepta avec empressement. Elle n'arrivait pas à se rappeler le chemin du retour vers le passage menant au corral de sa grand-mère. Il ouvrit la voie à travers les rues jusqu'à ce qu'ils tombent sur un escalier en briques brutes. Elle était reconnaissante qu'il sache comment y arriver.

Il la serra fermement par la taille alors qu'ils montaient les escaliers, murmurant des prières, remerciant Dieu d'avoir rendu son fiancé. Se sentant étourdie, elle tendit en vain la balustrade qui accompagnait normalement un escalier.

Elle se sentit submergée par l'intensité des émotions de Porfirio. Cet homme avait vraiment le mal d'amour, mais elle n'était pas l'Amara qu'il désirait. N'ayant jamais été amoureuse auparavant, elle ne pouvait pas comprendre sa douleur. Étrangement, elle sentit une sorte de chemin en sa présence. Comme si elle l'avait toujours connu. Il y avait quelque chose de familier chez lui en dehors du rêve.

Lorsqu'ils atteignirent le sommet de la montagne, elle se retourna pour admirer la vue panoramique de la ville en contrebas. Les lanternes parsemaient le paysage comme un reflet des étoiles dans le ciel.

La connexion qu'elle ressentait était indescriptible. Le sang de cette terre brûlait dans ses veines. Son histoire a commencé plus de 200 ans auparavant lorsque Don Manuel Rivera est venu d'Espagne et est tombé amoureux de la belle fille Huichol qui serait sa grand-mère, trois fois éloignée. Son âme s'y sentait vivante. Elle n'avait jamais eu ce sentiment à la maison.

Porfirio déposa un doux baiser sur son front et la serra fort contre lui. Elle se surprit à souhaiter être sienne. Elle voulait être aimée comme ça, avait besoin comme ça. Raul Ramos, son petit ami de retour à l'école, ne lui avait jamais fait ressentir la même chose que cet homme dans les cinq minutes depuis qu'ils s'étaient rencontrés.

Une lanterne éclairait la rue pavée devant la maison. Les briques de boue de l'extérieur en adobe n'ont pas immédiatement attiré son attention. Porfirio tapa fermement sur la porte en planches de bois. Identique à celle de la grotte. Quand personne ne répondit, elle essaya la clé. *Cette chose est pratique*, pensa-t-elle après avoir été sauvée de portes verrouillées deux fois dans la même journée.

Une fois à l'intérieur, elle s'excusa. « Je ne me sens pas bien », lui dit-elle. "Merci de m'avoir raccompagnée à la maison."

"Voulez-vous m'inviter à entrer?" Demanda-t-il, apparemment écrasé par la pensée qu'elle pourrait ne pas le faire. C'était une bonne question. Voulait-elle qu'il parte ? Pas vraiment, mais l'homme *était* un parfait inconnu. Que penserait sa famille si elle l'invitait dans la maison ?

« Tu peux passer demain, si tu veux » répondit-elle avec

hésitation. Qu'était-elle censée dire ? Oui, belle inconnue, je veux que tu restes ? Il aurait pu être un tueur en série pour tout ce qu'elle savait. Ils venaient de se rencontrer et il agissait comme s'ils étaient amoureux depuis des années.

Elle envisagea comment Izzy gérerait la situation. Izzy l'aurait invité et l'aurait présenté à la famille. Elle rit à cette pensée. Sa meilleure amie était féroce, courageuse et confiante. Toutes les choses qui manquaient à Amara quand il s'agissait du sexe opposé.

"Oui! S'il te plaît!" Porfirio a répondu rapidement, trop rapidement. Elle étouffa un petit rire face à l'intensité de sa réponse.

« Jusque-là… adios », dit-elle en lui fermant la porte au nez. Elle imagina qu'il se tenait là, tenant une pose maladroite.

Elle s'appuya contre la porte pendant un moment, un sourire niais sur son visage. Elle a cherché l'interrupteur sur le mur mais n'a pas pu le trouver dans l'obscurité. Une lanterne sur le mur opposé semblait déplacée. Était-il là plus tôt ? Elle ne s'en souvenait pas, mais elle a quand même augmenté la flamme. Un salon formel plein de meubles coloniaux l'accueillit. Elle ne l'avait pas remarqué plus tôt. Des portraits d'hommes et de femmes à l'allure éloquente qu'elle supposait être ses ancêtres couvraient les murs.

Elle a pris une photo de chacun descendant la ligne. Certains des visages étaient sévères et accusateurs comme s'ils ne faisaient pas confiance à la personne qui le peignait. Les femmes avaient l'air plus douces, plus gentilles. Une sur le mur opposé attira son attention. Il était obscurci par l'ombre de la lanterne de l'autre côté de la pièce. La lumière sur sa cellule a révélé une belle jeune fille vêtue d'habits de fantaisie du [18ème] siècle. Elle s'émerveilla des détails de là jupe. Rayures épaisses de corail, blanc et beige avec des fleurs complexes brodées partout. Un corsage noir avec une dentelle délicate qui prolongeait les manches et couvrait le décolleté. Une coiffure Chignon tressée dans le dos mettait en valeur un visage familier, ce qui lui a presque fait lâcher le téléphone. C'était elle, mais ce n'était pas possible. Elle n'avait jamais posé pour un tel tableau, ni porté une aussi belle robe. C'était l' Amara Rivera !

Pourquoi n'avait-elle pas vu le tableau avant ? Ou même entendu parler d'ailleurs? Elle savait qu'elle portait le nom de la première femme Rivera née au Mexique, mais n'avait aucune idée qu'elle aurait pu passer pour des jumelles !

Elle a pris une photo et a essayé de l'envoyer à Izzy. Toujours pas de service ! Cela devait être l'un des désagréments dont Izzy l'avait mise en garde. La vie dans le Mexique rural prendrait un certain temps pour s'y habituer . C'était comme être dans le centre commercial 24h/24 et 7j/7 sans service. "Problèmes du premier monde", taquinait sa cousine Catarina.

Elle s'est dirigée vers la cuisine à la recherche de sa mère, mais elle était partie aussi ! Toute la cuisine et la salle à manger avaient disparu ! A leur place se trouvait une salle extérieure avec un toit de chaume et un sol en terre battue ouverte sur le corral. Des braises brûlaient encore dans l'énorme foyer en pierre du coin. Une grande marmite noire bouillonnant sur le feu, une flamme occasionnelle léchant les côtés.

De l'autre côté de l'endroit où se trouvait autrefois la

cuisine se trouvait un puits en pierre où l'on faisait la lessive. Marta l'appelait un pila. Amara en avait vu une photo dans l'album photo de sa mère. Sur la photo, maman Erlina lavait des vêtements tandis que Marta et Roberto tiraient sur sa jupe. Mama Erlina était alors une jeune épouse et mère.

Elle sourit au souvenir, mais la réalité s'installait. Où suis-je ? Pensa-t-elle. Rêvait-elle ? Peut-être qu'elle ne s'était pas réveillée du tout. Ce n'était qu'un rêve, quoique magique. Peut-être qu'elle avait joué tout le temps.

Elle se dirigea vers la grotte. C'était toujours là. Elle sortit son téléphone et prit d'autres photos. Le flash de la caméra illuminant la cour arrière comme un éclair. *Dommage qu'il n'y ait pas de service cellulaire dans mon rêve,* renifla-t-elle.

Décidant qu'elle avait assez d'excitation, elle se força à se réveiller. Rien n'a changé. Elle retourna à l'intérieur et se dirigea vers sa chambre. Les escaliers étaient de l'autre côté de la pièce depuis son arrivée. Tout dans le rêve était comme une image miroir de ce que c'était dans la vraie vie. *Que se passe-t-il* ?

Lorsqu'elle atteignit le haut de l'escalier, le soufre la frappa immédiatement. Elle se tenait dans le couloir des chambres secrètes. La pièce menant au passage se trouvait maintenant sur le côté gauche. Elle tourna la poignée et entra avec précaution. Quelque chose n'allait pas. "Je n'aime plus ce rêve, je veux me réveiller !" » dit-elle dans un murmure fort à personne en particulier. Peut-être à elle-même, ou même à M. Sandman, s'il existait vraiment.

L'armoire était contre le mur au même endroit que tout à l'heure. La porte légèrement entrouverte révéla les robes de la fête. Elle était de l'autre côté, le côté secret, mais comment ? C'était pourquoi tout était différent. D'un mouvement, elle fit rouler la lourde armoire.

Elle frappa deux fois contre le mur avant de se rappeler comment l'ouvrir. Les bras tendus, elle plaça ses paumes sur la surface du mur. C'était presque comme si elle voulait qu'il s'ouvre de la façon dont il répondait à son toucher. Un grognement sourd a éclaté du mur, et il s'est ouvert de l'autre côté.

Juste comme ça, elle franchit le seuil et se tenait dans sa chambre. Les portes ont disparu dans le mur comme avant. Elle posa son sac à dos et s'allongea sur le lit, déterminée à se réveiller du rêve troublant. Elle avait à peine fermé les yeux qu'elle entendit la voix de Marta résonner à l'étage.

« Amara ! Le dîner est prêt!" dit Marta en l'appelant pour le dîner.

"À venir!" répondit-elle bruyamment.

L'arôme des célèbres enchiladas au poulet épicé de Marta a accueilli ses sens en ouvrant la porte de la chambre. Elle sortit dans le couloir, scannant visuellement le couloir. *Dieu merci, c'est redevenu normal,* pensa-t-elle et poussa un profond soupir de soulagement.

Ses sandales claquèrent bruyamment dans l'escalier, alertant tout le monde de sa présence. « Hija, où étais-tu ? Je t'ai appelé. gronda Marta.

"Je devais dormir," Amara haussa les épaules. Un autre mensonge. Ou peut-être avait-elle dormi. Cela expliquerait l'étrange rencontre avec Porfirio.

Chapitre sept

Toute la famille était réunie autour de la table. Même Mama Erlina, comme dans son rêve. Roberto l'a taquinée quand elle est descendue pour les avoir fait attendre.

« Puisque la princesse est arrivée… allons manger ! dit-il en riant de sa propre blague. Sa moustache montait et descendait tandis qu'il gloussa.

Voyant sa réaction, Amara ne put s'empêcher de le rejoindre. Il était manifestement satisfait de lui-même et de son avertissement astucieux perçu. Elle a juste souri et a répété après lui. "Mangeons." Suivi d'un clin d'oeil.

Elle a été surprise de voir maman Erlina. La femme avait l'air bien loin de la vieille femme pâle, pitoyable et frêle qu'elle avait rencontrée à leur arrivée. La couleur était revenue sur ses joues, elle rayonnait. Peut-être que le retour de Marta était juste le médicament dont elle avait besoin pour retrouver ses forces. Roberto a fait remarquer qu'elle n'avait pas mangé à la table de la salle à manger depuis trois mois. Amara pensait que c'était miraculeux, sinon bizarre.

"C'est moi!" cria une voix depuis la porte d'entrée.

"Entrez!" Roberto a crié en retour.

"Cousine!" hurla la fille et courut vers Amara les bras tendus. C'était sa cousine Catarina. Amara se leva pour recevoir le câlin et les baisers habituels sur la joue alors que Catarina faisait le tour de la table, étreignant sa tante et sa grand-mère. Amara l'installa à table à côté d'elle.

"Cousin, je suis heureuse de te rencontrer enfin au lieu de discuter par vidéo sur le visage", a déclaré Catarina avec un véritable air de contentement. Amara a étouffé un petit rire à sa description sur les réseaux sociaux. *Le visage* était sa façon de dire Facebook, mais Amara savait ce qu'elle voulait dire. Marta l'appelait aussi ainsi.

"Moi aussi", a répondu Amara.

"Tu vas à la fête ?" demanda Catarina.

"Bien sûr que je le suis", lui assura-t-elle.

Amara s'amusait vraiment. Être là avec sa famille valait la peine de manquer la danse. Elle avait seulement parlé et texté avec Catarina sur Messenger, mais l'a immédiatement aimée une fois qu'elle l'a rencontrée en personne. Ils sont nés à 13 jours d'intervalle dans différentes parties du monde. Elle aurait aimé grandir avec des cousins. Ils n'avaient pas de famille dans l'Oregon, juste des amis de ses parents qui sont devenus sa famille. Et Izy. Elle a toujours eu Izzy.

Amara et Catarina ont terminé leurs enchiladas et se sont excusées de la table. Amara voulait de l'aide pour se préparer pour la fête. "Qu'est-ce que vous portez ce soir?" demanda-t-elle à Catarina.

« Voilà ! » Catarina a dit alors qu'elle passait à une pose

exagérée de mannequin.

Amara pensait qu'elle avait l'air mignonne. Un jean Columbia qui soulevait son butin déjà tonique, associé à un ventre nu, sur l'épaule, un haut rose antique et une veste noire. Catarina était une belle fille mais n'était pas du tout prétentieuse. Comme en témoignent ses publications sur les réseaux sociaux, la beauté n'était pas aussi proche d'un accomplissement que l'intelligence.

Six semaines d'entraînement ont donné à Amara la confiance nécessaire pour porter quelque chose de sexy aussi sans se sentir gênée à côté de sa magnifique cousine. Elle a glissé sur le corps moulant mini noir qu'elle a acheté chez Rue 21.

« Mamacita », siffla Catarina en entrant dans la pièce.

Amara se délectait de l'attention, posant pour l'accent. Catarina a sorti son téléphone portable et a pris une photo de sa cousine, puis l'a appelée pour un selfie. Dans les cinq minutes suivant la publication sur les réseaux sociaux, le téléphone d'Amara bourdonnait de notifications.

"Ma meilleure amie est belle !" Izzy a envoyé un texto. "Amusez-vous ce soir, ne buvez pas trop !"

Amara roula des yeux. Elle n'avait jamais beaucoup bu bien que certains de ses amis de l'école étaient pratiquement des alcooliques du week-end.

"J'enverrai des photos", a promis Amara.

Catarina a insisté pour se lisser les cheveux et se maquiller, ce dont Amara était reconnaissante. L'éclairage et le miroir n'étaient pas propices à la création d'un chef-d'œuvre. Catarina a parlé du salon qu'elle possédait en ville. Elle travaillait le jour et étudiait le droit à l'université le soir. Elle vivait dans un petit appartement au deuxième étage avec une colocataire. Amara avait une invitation ouverte à rester quand elle le voulait. Catarina a promis de l'emmener dans toutes les boîtes de nuit populaires de Tepic. Amara a accepté un week-end avant de rentrer chez elle.

Elle ne savait même pas avec certitude quand elle partait. Elle avait un billet à durée indéterminée et l'école était en vacances d'hiver jusqu'en janvier. Amara a parlé de ses projets pour l'État de Californie. Catarina lui a assuré qu'elle viendrait quand elle aurait obtenu son visa de voyage.

Catarina a appliqué de la colle sur un faux cil, en le soufflant doucement avant de le mettre en place. Amara n'avait porté que des cils pour sa quinceañera. Elle regarda le reflet qui la regardait avec étonnement. Se sentant comme une star de la télévision avec tout le maquillage, elle a sorti son portable avec arrogance pour prendre un selfie. Un dernier post sur les réseaux sociaux et c'était parti.

Chapitre Huit

Roberto a installé Mama Erlina sur le siège avant de son camion, puis a placé son fauteuil roulant à l'arrière. Marta, Catarina et Amara se sont installées à l'arrière. Catarina a convaincu son père de prendre une photo commémorant l'événement, après un bref tutoriel. Après tout, ils n'avaient jamais été pris en photo ensemble, raisonna-t-elle.

Une fois le souvenir correctement enregistré, ils étaient en route. Catarina gloussa à la réaction de son cousin face à la route cahoteuse. Amara pensa qu'ils avaient l'impression d'être en safari à la façon dont le camion rebondissait sur le chemin de terre cahoteux. Elle s'appuya contre la porte, tenant fermement la poignée.

Les rues étaient bondées de gens en route vers la place. La musique des groupes résonnait dans les maisons. Toute la ville vibrait de l'effervescence des festivités.

"Papel picado", a déclaré Marta lorsqu'elle a été interrogée sur les banderoles en papier colorées, zigzaguant dans les rues.

Ils lui rappelaient les flocons de neige qu'elle découpait lorsqu'elle était enfant. Le virus de la photographie avait commencé à mordre. Elle avait hâte d'explorer la ville et de prendre un million de photos à utiliser pour sa finale de photographie prévue en mars. Il était douteux qu'un meilleur sujet puisse être trouvé que Jalco, comme sa mère l'appelait avec amour.

Roberto a trouvé une place de parking appropriée et a mis le camion en place. Il poussa le fauteuil roulant du côté passager et plaça Mama Erlina dans le fauteuil. Amara sourit à la réaction vertigineuse de sa grand-mère. Elle ressemblait à une adolescente en route pour un premier rendez-vous.

Catarina a souligné que les maisons des membres de la famille Amara se rencontreraient bientôt, insistant sur le fait que tout le monde serait sur la place. Amara regarda autour d'elle avec admiration devant l'architecture des bâtiments colorés. Catarina a dit qu'il s'agissait de maisons, mais elles ressemblaient plutôt à des appartements entassés les uns dans les autres. L'ensemble du bloc appartenait à la même famille. Les maisons construites côte à côte se distinguaient par des nuances vibrantes de rose, orange, marron, vert et pêche. Izzy aurait dit qu'elle ressemblait à une touriste à Times Square. Elle s'est probablement démarquée comme un pouce endolori comme le faisaient les touristes, tendant le cou pour s'émerveiller devant le majestueux immobilier de Gotham.

Jalco n'était pas Times Square par un effort d'imagination, mais l'énergie était là. Les gens étaient rassemblés en petits groupes le long de la rue à différents niveaux de conversation. Des rires retentirent d'un groupe d'adolescents blottis au coin de la rue devant le magasin de crème glacée. Un garçon a dansé au milieu, poussé par ses amis qui étaient clairement amusés.

Alors qu'Amara approchait du coin, une teinte de déjà vu se fit sentir. Elle reconnut le bâtiment sur la gauche, bien qu'il soit maintenant en béton au lieu d'adobe. L'arbre avait disparu mais la preuve de son existence demeurait. Un banc avait été sculpté dans le coffre il y a quelques années à en juger par les restes de la tache qui avait depuis longtemps besoin d'être refaite. Le banc était beau tout de même. Elle a pris une photo en notant mentalement de poser des questions sur le banc.

Pendant que les anciens assistaient à la messe, Amara et Catarina sont allées voir l'action sur scène. Le groupe a joué pendant qu'un groupe de femmes en costumes exécutait des danses traditionnelles. La frange de leurs robes bleu turquoise se balançant de manière erratique au rythme. Leurs visages masqués par des masques à plumes.

Amara a sorti son téléphone portable et est allée en direct. commenta Izzy presque immédiatement. « Oh mon Dieu, Amara, je veux y aller ! On dirait que vous passez un bon moment. Je t'aime!"

"Je t'aime aussi!" Amara a répondu

"Bonjour à tout le monde à la maison !" dit Amara à la caméra. « Je passe un super moment au Mexique ici avec ma cousine, Catarina. Dites bonjour », a-t-elle dit à sa cousine en faisant un panoramique de la caméra. Catarina fit un signe de la main obligeant.

"Bonjour les amis de l'Oregon", a déclaré Catarina à la caméra.

Amara a levé son téléphone pour donner une vue à 360 degrés de la place. Elle l'a remis en mode selfie. « Adios ! » a-t-elle dit à la caméra et a soufflé un baiser.

« Adios ! » Catarina intervint. « Prenons une bière », dit-elle en attirant Amara vers une gigantesque glacière remplie de Modelo, Corona et Pacifica. Un homme avec un pic à glace a découpé des morceaux d'une grande plaque de glace et l'a jeté sur les canettes.

"Corona Light", dit-elle à Catarina d'une voix feinte et sévère.

"Deux Corona Lights", a relayé Catarina au vendeur.

"Quarante pesos", a déclaré l'homme en haussant et flirtant les sourcils vers Amara.

"Je paierai pour ça," offrit Catarina, en tendant deux petits billets bleus vers l'homme.

Chapitre neuf

Banda Caballero est montée sur scène vêtue de costumes assortis de style occidental noir et blanc ornés de strass. Catarina, clairement une fan, prenait avec impatience des photos à publier sur Facebook et Instagram.

Il était évident qu'elle avait un faible pour Leo, le chanteur principal. Ils s'étaient rencontrés lorsque le groupe avait joué à un rodéo en ville il y a quelque temps et étaient restés en contact depuis. Elle n'arrêtait pas de dire à quel point il était sexy. Amara devait convenir que l'homme était agréable à regarder, mais il ne pouvait pas tenir une bougie à Porfirio. Même s'il n'existait que dans ses rêves.

Deux gars qui semblaient être dans la jeune vingtaine se sont approchés des filles et ont demandé une danse. Ils ont accepté. Pourquoi pas? Quand à Rome, ou à Jalco dans ce cas, pensa-t-elle. Le partenaire de danse d'Amara était un gars du coin nommé Mario.

"D'où viens-tu?" demanda Mario.

"Oregon. États-Unis », a répondu Amara d'un air penaud. Mario semblait assez gentil. Il était beau, bien qu'un peu trop maigre à son goût. Catarina a dit qu'il avait emballé des bananes dans une bodega locale.

Quand la chanson fut finie, elle rejoignit sa cousine devant la scène. Léo dirigeait son attention vers Catarina qui lapait, soufflant des baisers sans arrêt. Elle a failli s'évanouir lorsqu'il lui a dédié une chanson. Amara pensait que le gars ressemblait à un joueur mais le garda pour elle. Pourquoi pleuvoir sur le défilé de Catarina avec un jugement pessimiste ?

"Cata", a déclaré Amara, criant pratiquement pour être entendue par-dessus la musique. Elle pointa sa montre pour signaler l'heure. La messe sortirait bientôt. Catarina hocha la tête en signe d'accord. Amara a avalé le reste de sa bière sur le chemin de l'église. Ils ont acheté un churro à grignoter en attendant.

"Ils sont si bons !" s'exclama Amara. Elle n'avait jamais mangé de churro auparavant. L'extérieur croustillant enrobé de cannelle et de sucre fondant dans la douceur spongieuse du milieu l'a rendue accro.

"Omidieu oui." Catarina accepta, amusée par la réaction de sa cousine.

Le plan était de dire au revoir à Roberto, Marta et Mama Erlina, puis de s'excuser pour passer du temps avec les amis de Catarina. Amara était ravie de les rencontrer. Si ses parents étaient restés au Mexique, ce *serait* sa maison et ces gens auraient pu être ses amis.

Une forte agitation à l'intérieur de l'église a attiré leur attention. Amara se dirigea vers l'entrée avec Catarina un pas derrière. Les paroissiens étaient rassemblés autour de Mama Erlina criant et louant un miracle qui avait eu lieu. Ils ont traversé la foule pour mieux voir.

"Ce qui se passe?" Catarina a demandé à une dame âgée dans la foule.

«Doña Erlina a marché. C'est un miracle!" La femme expliqua les yeux écarquillés d'étonnement.

Maman Erlina a marché ? Hier elle était alitée, aujourd'hui elle pouvait marcher ! Comment? Un miracle était la seule explication qui ait un sens. Le père Gutierrez se prélassait dans la gloire du moment, absorbant l'attention. Leurs prières avaient été exaucées, il a encouragé la foule. Le prêtre bien-aimé avait animé des réunions hebdomadaires au chevet de la femme pendant les trois derniers mois.

Mama Erlina a marché encore trois fois dans l'allée pour se vanter de son miracle. La pauvre femme ne s'était pas levée depuis trois mois, ni quitté la maison depuis six. Des larmes de joie coulaient sur ses joues osseuses ; ses mains se sont agitées de louanges. Les médecins ont dit qu'elle ne marcherait plus jamais, maintenant elle sentait qu'elle pouvait courir.

Une fois l'excitation retombée, Roberto les a ramenés à la maison. Maman Erlina est allée directement dans sa chambre. La pauvre femme était épuisée par les changements drastiques de la journée et des derniers mois. L'arrivée d'Amara n'était pas une coïncidence, mais un catalyseur. Pourrait-elle être la réincarnée ?

Incapable de dormir, Mama Erlina repensa aux

événements de la journée. Le père Gutierrez a qualifié cela de miracle, mais elle avait d'autres soupçons. Elle vit les Sombras qui rôdaient dans l'ombre. Ils lui ont apporté la maladie; elle en était sûre. Nourrissant son poison, chuchotant des malédictions à son oreille. Puis *il* est venu. Démon, ou Diablo comme l'appelaient les citadins.

Une violente tempête avait coupé l'électricité de toute la ville. Des vents si forts qu'ils ont arraché le sol des griffes de la terre. Un rocher tomba du haut de la montagne, s'écrasant sur la façade en béton dans le coin le plus éloigné du corral révélant la porte. C'est là que le mal s'est échappé, supposa la vieille femme. C'est alors que tout a commencé.

Roberto a essayé de le sceller, mais il était trop tard. Il ne pouvait pas prendre le risque que quelqu'un le trouve. Les traditions locales portaient beaucoup de commérages et de soupçons sur ses ancêtres. Roberto en a ri. Malgré tous ses efforts pour oublier, il connaissait la vérité.

Chapitre dix

Le destin de la famille s'est gravé dans la pierre en 1768 lorsque Don Manuel Rivera est arrivé à Nueva España. Beaucoup de femmes et d'enfants ont succombé au paludisme peu de temps après. San Blas avait une présence écrasante de moustiques auxquels le système immunitaire des colons était mal préparé. Don Manuel a mené une expédition pour trouver un terrain convenable pour une colonie afin d'atténuer les pertes.

Après que le paludisme ait emporté sa femme, il a épousé son infirmière, Tlachinolli. Cela signifiait "feu" dans son Nahuatl natal. Tachi, comme elle était connue des colons espagnols, a été capturée et contrainte à la servitude par Hernan Cortez dans son enfance. Elle traduisait pour les colons dans les conversations avec son peuple.

En suivant le lit du ruisseau à la suggestion de sa nouvelle épouse, Don Manuel et son équipe sont tombés sur une parcelle de terrain appropriée dans la vallée du Cerro de la Sebadilla. Il a demandé au roi Carlos III d'Espagne le droit de fonder une colonie.

La construction a commencé immédiatement après

avoir reçu l'arrêté royal. La ferme Rivera serait près du sommet de la montagne. Don Manuel ne répondait qu'au roi lui-même. Il a chargé un groupe de maçons de Tepic de construire sa maison, une coloniale de style espagnol construite autour d'un volcan endormi.

L'existence d'une grotte a été dissimulée à la colonie. Personne ne devait connaître les secrets qu'il contenait, pas même Don Rivera lui-même. Les Huicholes indigènes connaissaient la vérité, même si la plupart ne parlaient pas aux colons. Xallicocotlan, rebaptisé Jalcocotan, était leur maison depuis des générations. Bien avant l'invasion espagnole.

Considéré comme le trône des dieux, il abritait les restes sacrés de Xiuhtecuhtli, le vénéré dieu du feu et seigneur des volcans. Tachi, sa petite-fille, a choisi l'emplacement de leur maison en connaissant parfaitement les pouvoirs possédés par la Cueva Mágica, comme l'appelaient les habitants. C'était sa maison avant qu'elle ne soit emmenée par Cortez.

Selon les rumeurs, Daemon était le diable lui-même, selon la personne interrogée. La légende aztèque dit que Daemon était là au début de sa création. Tlaloc, le dieu de la fertilité terrestre et donneur de vie, était le père de Xiuhtecuhtli. Tlaloc a conclu une alliance de sang avec les dieux léguant la terre à sa lignée. Ils détiendraient la domination sur elle pour assurer son utilisation pour la guérison et la prospérité.

Daemon et ses Sombras ont été jetés dans le monde

souterrain pour avoir trahi les dieux. Ils ont brûlé pendant plus de deux cents ans dans les fosses de lave des enfers jusqu'à ce qu'ils soient convoqués par Hernan Cortez pour conquérir les Aztèques.

Daemon a accepté d'aider Cortez à condition qu'il épouse Tlachinolli le jour de sa dix-neuvième année. Cortez a conclu l'affaire avec empressement. Conquérir les Aztèques lui permettrait d'obtenir le pouvoir et la gloire qu'il recherchait à Nueva España. Daemon gagnerait un lien de sang, une fois qu'un héritier serait né, lui donnant la domination sur la grotte et la terre. Les descendants de la lignée Tlaloc contrôlaient son pouvoir.

Le jour de sa dix-neuvième année, Daemon a demandé à Tachi de se marier avec lui, mais quand il est arrivé, elle était déjà partie. Connaissant ses intentions, elle avait convaincu don Manuel de l'épouser le dernier jour de sa dix-huitième année. Accablé par la perte récente de sa femme et de son enfant, il a accepté. Il voulait fonder une famille le plus tôt possible.

Une fois que Daemon a appris la fuite de Tlachinolli avec Don Rivera, il a massacré dix-huit des hommes de Cortez en représailles, puis a jeté son dévolu sur l'héritier. En colère, il a maudit Tachi de gâcher son ventre. Chaque grossesse s'est terminée par une fausse couche pendant près de vingt ans jusqu'à la réincarnation.

Daemon est allé à Don Manuel avec un contrat à la naissance d'Amara. Elle hériterait de la domination du rite du sang le jour de sa dix-neuvième année, tout comme sa mère avant elle. Prétendant que Tachi a renié sa promesse de se marier, Daemon a juré de la sacrifier à Mictlantecuhtli, souverain des enfers, à moins que Don Manuel ne signe un contrat de fiançailles pour sa fille nouvellement née. Le premier jour de sa dix-neuvième année, elle rejoindrait Daemon dans le mariage, cimentant sa prétention au trône. Le mariage avec Daemon briserait l'alliance des âmes sœurs.

Croyant qu'il n'avait pas d'autre choix, Don Manuel accepta. Daemon sortit un couteau, coupa la ligne de vie de la paume gauche de Don Manuel et lui tendit une plume. Le trempant dans sa plaie ouverte, il signa le document.

Quand Tachi a appris ce qu'il avait fait, elle était furieuse. Elle savait qui était Daemon. Il avait parcouru la terre pendant des milliers d'années. Quand elle a épousé Don Manuel, le contrat avec Cortez a été rompu, un jour sa fille affronterait le même démon.

Tachi a juré de sauver Amara et de ramener Daemon dans le monde souterrain. Cherchant conseil auprès des dieux, elle se rendit dans la grotte. À travers la cascade, elle a rencontré ses ancêtres. Son grand-père Tlaloc, le dieu de la vie et de la fertilité, a partagé le secret des réincarnés. Tous les deux cents ans, Ichpochtli, la déesse aztèque de l'amour, renaît pour renouer avec son âme sœur afin de renforcer la lignée. Sa fille, Amara Rivera, a été l'élue.

En tant que gardien du temps, Tlaloc a révélé à Tachi le passage entre les âges. "L'élu peut ouvrir la porte", a-t-il averti. "Elle seule peut rompre le vœu de sang. Un jour, l'enfant perdu reviendra de l'année précédente », a expliqué Tlaloc dans sa langue natale, le nahuatl.

"Où puis-je la trouver ?" Tachi a plaidé. « Comment vais-je la connaître ? »

« Convoquée par Daemon pour remplir le pacte de sang, elle retournera à Xallicocotlan. Traversant de l'année la plus éloignée, elle apprendra la vérité. Son danger est grave. Les murs vibraient à ses paroles. Les yeux écarquillés, Tachi écoutait attentivement tout en continuant, s'imprégnant des connaissances de ses ancêtres.

« Le mariage avec l'âme sœur Xochipilli doit être consommé avant le jour de sa dix-neuvième année pour accomplir la prophétie. Elle doit rompre le pacte avec Daemon et le renvoyer aux enfers. S'il est à nouveau contrecarré, il détruira toute l'humanité par vengeance. Tlaloc a disparu, laissant Tachi seul dans un recoin sombre de la grotte.

Elle traversa la cascade à la recherche de Don Manuel. Son manque de connaissances sur la grotte et l'identité de Daemon se révélait dangereux. Catholique strict, Manuel peut croire qu'elle est une sorcière et la faire brûler sur le bûcher. Affichant un visage courageux, elle fit asseoir son mari et lui raconta tout.

"Est-ce que ce que tu m'as dit est la vérité ?" Don Manuel a demandé de confirmer la validité de ce qu'elle avait révélé. Le regard dans ses yeux était un mélange de peur et d'incrédulité. Il a essayé de cacher ses émotions, mais sa femme le connaissait mieux qu'il ne se connaissait lui-même.

"Oui, ça l'est," confirma Tachi en hochant la tête.

Il resta immobile pendant quelques minutes puis lui serra la main pour la rassurer sur son amour. Il s'est juré de ne jamais lui tourner le dos. C'est alors que les plans se sont mis en branle pour conquérir Daemon et briser la malédiction. Don Manuel entreprit immédiatement de construire les passages secrets. Cachés de l'extérieur, ils fourniraient un lieu de refuge contre Daemon et les Sombras car ils ne pouvaient pas franchir le seuil du trône. Lorsque la réincarnée reviendrait, la vérité lui serait révélée.

Les maçons aztèques ont travaillé sans arrêt pendant deux ans pour sculpter les pièces. Don Rivera a insisté sur des répliques exactes de la maison de l'autre côté du mur. Une fois terminée, l'entrée de l'année la plus éloignée était enduite de la lave qui coulait à l'intérieur de la grotte. Comme un élixir magique faisant fondre les dimensions du temps, il ne permettait que la porte de s'ouvrir au toucher de l'élu. Elle détiendrait le pouvoir de leur salut.

Lorsque les réincarnés reviendraient, ils seraient prêts. Don Manuel a laissé des indices dans son bureau pour qu'elle les trouve, ainsi qu'un passe-partout qui ouvrait n'importe quelle porte de la propriété.

Chapitre onze

Amara et Catarina montèrent à l'étage pour se préparer à aller au lit. Marta a fait un lit sur le canapé de la chambre de maman Erlina. Elle ne pouvait que fixer les carreaux de brique du plafond, ses yeux décrivant les courbes et les arches. Hier, quand ils sont arrivés, sa mère était incapable de sortir du lit et aujourd'hui, elle a marché. Bien qu'extatique d'émotion, Marta savait que la malédiction avait joué un rôle dans les événements récents. Surtout la maladie de sa mère. Elle se demandait ce que demain apporterait.

« Cata, que sais-tu d'une malédiction ? Amara a demandé avec prudence dans son ton. Elle ne savait pas ce que sa cousine savait ou si elle serait prête à partager.

Catarina rit nerveusement, ses doigts jouant avec les grains de son chapelet. Elle l'avait instinctivement atteint quand elle avait entendu le mot. "Les malédictions ne sont pas réelles," répondit-elle sans conviction, en secouant la tête.

« Qu'est-il arrivé à maman Erlina ? Comment est-elle tombée malade ? a demandé Amara.

"Mon père a dit que c'était arrivé soudainement. Elle venait de rentrer de la prière de midi quand elle s'est effondrée. Catarina a expliqué.

« C'est une longue marche sur une colline escarpée. Peut-être qu'elle s'est surmenée. Pensent-ils que c'était un accident vasculaire cérébral? Amara a répliqué.

«Son corps s'y est habitué après quatre-vingt-dix ans. Non. Le Dr Martinez a exclu un AVC. Il lui a fait passer tous les tests, mais il n'arrive pas à en trouver la cause. dit Catarina, sur ses gardes. Cacher inconsciemment des informations à son cousin.

Elle ne voulait rien révéler trop tôt. La vérité l'enverrait courir à la porte. Ayant grandi dans la maison, Catarina connaissait la vérité pour sa propre protection. Elle n'était pas sûre d'y croire. Dieux et déesses, malédictions et liens du sang. C'était un peu tiré par les cheveux, mais son père semblait convaincu, alors elle lui fit la courtoisie d'écouter ses avertissements.

Catarina ne savait pas combien partager avec Amara. *Qu'est-ce que je lui dis, qu'elle est la réincarnation d'une déesse de l'amour millénaire, convoquée par un démon pour remplir un pacte de sang qui a été signé il y a deux cents ans ?* Pensa-t-elle presque en riant. Cela semblait ridicule dans sa tête, elle ne pouvait qu'imaginer le dire à haute voix. De plus, il y avait des règles à toute cette affaire de malédiction. L'élue doit faire cavalier seul pour accomplir son destin.

"Je suis reconnaissant qu'elle s'améliore", a déclaré Amara. Elle sentit une tension avec Catarina, presque comme si une distance s'était installée entre elles. *Pourquoi tout le monde ici est-il si secret ?* Pensa-t-elle.

"Moi aussi", acquiesça Catarina.

« Bonne nuit », dit Amara en se penchant et en éteignant

la lampe entre les deux lits. Il n'y avait pas grand-chose de plus à dire. La conversation commençait à devenir gênante.

"Bonne nuit, cousine," répondit Catarina. Elle se sentait mal d'avoir menti par omission. De plus, ce n'était pas à elle de dire quoi que ce soit. Surtout si elle ne croyait pas vraiment que c'était vrai.

Amara ferma les yeux et s'endormit rapidement. Pas très buveuse, la bière la fatiguait. Réveillée par un violent coup de foudre, elle se leva pour regarder par la fenêtre. Les arbres ont presque doublé sous la force du vent. Il ne pleuvait même pas. C'était étrangement silencieux à l'exception du hurlement du vent à l'extérieur.

Un murmure sourd emplit ses oreilles. Elle ne pouvait pas distinguer les mots. Encore une fois, cette fois plus fort. "Amar-rrra." Une voix profonde ronronna, lui faisant signe de suivre.

Comme par instinct, Amara se dirigea vers l'armoire et la repoussa. Les roues grinçaient en se déplaçant sur le sol carrelé. Elle jeta un coup d'œil à Catarina pour voir si elle réagissait. Un ronflement opportunément chronométré lui assura qu'elle dormait toujours.

Amara posa ses mains sur la surface rugueuse du mur. Un faible grognement puis la porte s'ouvrit. Elle passa de l'autre côté avec plus de confiance qu'avant. Cela lui semblait familier maintenant.

Comme personne dans sa famille ne semblait désireux de parler, elle était déterminée à trouver elle-même les réponses. La tempête à l'extérieur s'était arrêtée. Elle se dirigea vers la fenêtre et écarta le rideau pour mieux voir. Le soleil commençait à se lever, jetant une lueur orange sur les montagnes. Elle trouvait étrange que le temps ait changé aussi rapidement.

Elle replaça le rideau et se dirigea sur la pointe des pieds vers la porte. Des voix inattendues venant du couloir l'ont presque envoyée courir pour se mettre à l'abri. Elle colla son oreille contre la porte et retint son souffle. Entendre le claquement des pas permit un soupir de soulagement. Qui cela peut-il bien être? Oncle Roberto ? A qui appartenait l'autre voix ? Cela ressemblait à une femme, mais ce n'était pas sa mère. Peut-être qu'il avait une petite amie secrète avec qui il s'est faufilé après la tombée de la nuit. Si tel était le cas, elle ne voulait pas l'embarrasser, ni elle-même, d'ailleurs.

Elle s'en tint à son plan initial et se dirigea vers la pièce où la clé avait été trouvée. Les réponses qu'elle cherchait se trouvaient probablement dans le bureau. Cette fois, elle les passerait au peigne fin. Il y avait manifestement quelque chose que Catarina retenait. Pourquoi tout le monde est-il devenu bizarre quand elle a posé des questions sur le passé ? Elle a essayé de se souvenir des histoires que sa mère lui racontait lorsqu'elle était enfant. Marta a changé de sujet lorsqu'on lui a demandé ces dernières années. L'une de ces histoires était celle d'une déesse qui est revenue d'un pays lointain pour tuer les Chupacabra et revendiquer sa domination sur le royaume.

Le tiroir où les papiers avaient été maintenant verrouillé. Elle ouvrit le tiroir du haut au milieu et chercha une clé. Ses jointures frôlent quelque chose. Une petite pochette apposée sous le bureau contenait une petite clé. Enfonçant son petit ongle dedans, elle récupéra la clé et ouvrit la serrure.

Elle sortit toute la pile de papiers et les étudia un par un. Elle avait déjà vu la plupart d'entre eux la dernière fois qu'elle était là. Un document en particulier attira son attention. La signature était d'un brun rouille comme la couleur du sang séché.

Elle a lu le document en l'examinant de plus près. C'était un contrat de mariage pour Amara Rivera ! Elle était datée de 1792, l'année de sa naissance ! Pourquoi quelqu'un ferait-il un tel arrangement pour un bébé ? Son cœur se mit à battre rapidement dans sa poitrine. Elle pouvait sentir l'adrénaline couler dans ses veines. Elle passa son doigt sur les lettres brun rouille de la signature. Sentant une sensation de brûlure au bout de son doigt, elle laissa tomber le document.

Amara a pris une photo du contrat de mariage et a remis les documents dans le tiroir. Elle remit la clé dans sa pochette et ferma la porte. Pas étonnant qu'ils veuillent protéger les secrets de famille, pensa-t-elle. Un contrat pour un bébé semblait bizarre dans le monde moderne. Peut-être que les choses se faisaient différemment il y a deux cents ans, se dit-elle.

Elle retourna dans la salle de passage pour enquêter. À l'intérieur du bureau se trouvait un livre sans prétention avec une couverture en dentelle blanche. Elle le sortit du tiroir et le posa sur le dessus pour mieux voir. En feuilletant les pages, elle tomba sur une lettre.

Elle l'a lu à haute voix. « Mon cher Porfirio, je t'écris avec un cœur plein de tristesse. Je dois partir pour des raisons que je ne peux pas encore dire. Je t'aime et te demande pardon. À toi pour toujours, Amara.

Deux larmes proéminentes tachaient la page sous sa signature. C'était un lien direct avec l' Amara Rivera, son homonyme. Il a dit qu'elle devait partir mais n'a pas précisé. Il était évident qu'elle aimait cet homme pour qui elle éprouvait une telle émotion qu'elle se répandait sur la page. Amara relut le nom. Porfirio. L'homme de son rêve s'appelait aussi Porfirio. En y regardant de plus près, elle a découvert qu'il s'agissait d'un journal intime. Les entrées étaient sporadiques mais très révélatrices de l'état d'esprit de l'auteur. Triste. Déprimé. Inquiet. La pauvre fille avait manifestement affaire à quelque chose de grave.

Amara vérifia l'heure sur son téléphone. Six heures. Son oncle ne serait probablement pas en bas à cette heure. Il devrait être au travail maintenant, s'assura-t-elle. Elle reposa le journal sur le bureau.

Sortant sur la pointe des pieds de la pièce et vers les escaliers sans faire de bruit, elle s'arrêta en haut de l'escalier et écouta les sons en dessous. Sûre qu'il n'y avait personne, Amara descendit l'escalier. A mi-chemin, une marche gémit sous le poids de son pied. Elle l'enjamba rapidement et continua. Elle atteignit le fond et resta là quelques instants à scruter la pièce. Elle était identique à la maison de son rêve. Les mêmes photos étaient accrochées au mur, y compris le portrait d'Amara Rivera qu'elle avait vu après que Porfirio l'ait raccompagnée chez elle. Seulement elle ne rêvait plus maintenant, elle en était sûre. Elle était bien éveillée cette fois.

Des carreaux de mosaïque bleus au sol et une odeur de chaux imprégnaient la pièce. Elle a continué à travers la maison jusqu'au corral en passant où se trouvait la cuisine de l'autre côté. Au lieu d'obtenir des réponses, elle avait plus de questions. Pourquoi les deux côtés de la maison se ressemblaient-ils ? L'autre côté plus moderne, mais à part ça, ils étaient des images miroir l'un de l'autre comme un avant et un après. Cela n'avait aucun sens.

Dans le corral, une marmite a bouilli sur l'âtre. Qui cuisine ici ? Elle a chuchoté. Elle ne pouvait pas s'en empêcher, la curiosité de ce qu'il y avait dans le pot avait raison d'elle. À l'aide d'une tige de métal appuyée contre le foyer, elle enleva soigneusement le couvercle pour révéler la chose la plus hideuse qu'elle ait jamais vue. Elle l'a reconnu comme un blaireau de miel, connu localement sous le nom de tejón, même s'il était difficile de le dire sans la peau. Tout le corps était intact, même le visage. Ses yeux perçants la regardaient presque implorant d'être secourue. Elle replaça le couvercle et se dirigea vers l'entrée de la grotte.

Amara jeta un coup d'œil à l'intérieur puis franchit prudemment le seuil. Il avait l'air différent dans la journée. Cela a aidé qu'elle soit éveillée cette fois. Elle paraissait plus grande que dans son rêve, ou peut-être que la lumière venant de l'extérieur la faisait apparaître ainsi. Un chemin usé à gauche menait hors de la pièce. La curiosité l'emportant une fois de plus sur elle, elle la suivit.

Elle haleta d'incrédulité. Une chute d'eau torride est tombée dans un bassin de pierre avec l'eau la plus bleue qu'elle ait jamais vue. Un escalier étroit sculpté à la main menait au sable rose en contrebas. Comme un aimant, elle a été attirée par l'eau. Après avoir pris quelques photos, elle posa son téléphone, enleva ses sandales et plongea un orteil dans l'eau chaude. Limpide, elle pouvait voir jusqu'au fond alors qu'elle se rapprochait de la cascade.

Les bulles fumantes gargouillent du fond de la chute comme un jacuzzi. C'était le paradis ! Elle pensa à la réaction d'Izzy. Contrairement aux grottes de la station balnéaire chic que son amie a visitée à Cabo, cet endroit était réel et authentique. Les touristes afflueraient en masse s'ils savaient que cela existait. Probablement pourquoi ils ne voulaient pas que quiconque le sache. Elle s'est souvenue de ce que sa mère avait dit sur les eaux curatives.

Amara plongea sa main dans la chute et laissa l'eau repousser sa paume, l'éclaboussant au visage. Des gouttes d'eau laissant un goût de miel sucré sur ses lèvres. Délicieuse! Elle lécha ses lèvres pour éponger le résidu restant d'eau douce. Ils devraient le mettre en bouteille et le vendre, pensa-t-elle. Prenant sa main en coupe, elle la remplit d'eau et la porta à ses lèvres pour la boire. Elle pouvait sentir le liquide chaud alors qu'il descendait dans son œsophage et dans son estomac. Comme une tisane sucrée au miel pur, elle en enduisait les entrailles.

Elle s'est sentie étourdie quand elle est sortie de l'eau. Le changement de température jette un frisson sur le corps. Peut-être qu'entrer sans avoir une serviette à portée de main n'était pas la meilleure décision qu'elle ait jamais prise. Elle essora du mieux qu'elle put l'eau de son débardeur, puis de son short.

Izzy n'allait jamais le croire sans photos. Elle a pris

quelques photos supplémentaires puis a posé pour un selfie montrant le signe de la paix. Cela résumait ce qu'elle ressentait à ce moment-là. En paix. Avec la caméra focalisée sur la cascade, elle a fait un large panoramique puis a atteint le record. Une ombre s'est déplacée derrière elle. Son cœur s'est mis à battre la chamade. *Quelqu'un d'autre était là. Quelqu'un ou quelque chose,* pensa-t-elle.

"Amarr-rrra," La même voix rauque qu'avant. Ça venait de derrière la cascade ! Elle ne restait pas là pour le savoir, d'un pivot du pied, elle se précipita vers les escaliers.

Sans regarder, elle a couru vers la porte et directement dans une femme debout dans le corral. Tous deux ont été renversés par la force de la collision. D'où vient-elle? Amara a supposé qu'elle était la femme de ménage, et peut-être les mêmes femmes qu'elle avait entendues plus tôt. Peut-être que la femme n'avait pas du tout parlé à son oncle, elle n'avait pas entendu la voix de l'homme assez clairement pour en être sûre.

"Qui es-tu?" demanda Amara en se frottant la tête. Ils avaient la tête conique assez dure, et ça commençait déjà à gonfler.

"Je m'appelle Tachi," répondit la femme. "Je t'ai attendu."

"OMS?" demanda Amara avec un air perplexe sur le visage. "Que fais-tu ici?" demanda Amara. Il était possible que la femme travaillait pour sa grand-mère, sinon pourquoi serait-elle là ? Pourquoi serait-elle dans le passage caché ?

Tachi tendit le bras, aidant Amara à se relever. Elle la regarda avec des yeux gris perçants mais ne parla pas pendant quelques minutes, comme si elle réfléchissait à sa réponse. Il y avait quelque chose de familier chez cette femme qu'Amara n'arrivait pas à identifier. Elle semblait avoir entre le milieu et la fin de la trentaine, mais elle ne pouvait pas en être sûre. Son beau visage portait les cicatrices d'une vie difficile. Des yeux comme de l'onyx liquide, gravés dans ton âme.

« Viens », dit Tachi, faisant signe à Amara de la suivre dans la maison.

Amara a fait ce qu'on lui avait dit. Des pensées étranges traversèrent son esprit, y compris l'intrigue de tous les films d'horreur qu'elle avait jamais regardés. Si *c'est* un film, j'ai atteint la partie où je meurs, pensa-t-elle . Les cinéphiles crieraient et jetteraient du pop-corn de dégoût. Un tueur en série pourrait attendre à l'intérieur pour la pirater avec une machette ou une autre arme sadique de son choix. Effrayée par ses propres pensées, elle essaya de les étouffer. De plus, elle était essentiellement piégée. C'était soit à l'intérieur de la maison avec Tachi qui, malgré des yeux suceurs d'âme, avait l'air relativement normal, soit un mec à la voix effrayante de la grotte.

Choisissant le bailleur perçu de deux maux, elle suivit Tachi dans une salle à manger en plein air qui était une cuisine finie de l'autre côté. "S'il vous plaît," dit Tachi en hochant la tête vers la table à manger alors qu'elle quittait la pièce.

Amara s'est assis émerveillé par le savoir-faire du bois d'acajou sculpté à la main. Un aigle ornait chaque accoudoir des fauteuils du capitaine. Comment ne l'a-t-elle pas remarqué avant ? Le dessus de table, une dalle d'acajou massif de six pieds sur six, était finement sculpté avec une représentation des dieux flanqués de divers animaux indigènes. La base, un tronc d'arbre pétrifié, orné d'un puissant aigle perché sur une montagne.

Tachi revint portant un plateau avec deux bols et un carrousel de salsa, d'oignons et de jalapeños grillés. Elle posa le plateau sur la table et posa un bol devant Amara.

"Non, merci. Je n'ai pas faim, mentit-elle. Elle était affamée mais manger du pozole de la cuisine d'un inconnu n'était probablement pas la meilleure idée. Déplacer la viande et le hominy avec sa cuillère dégageait un arôme agréable qui lui mettait l'eau à la bouche. Ça sentait bon. Amara a décidé qu'elle essaierait une bouchée après que Tachi ait mangé une bouchée de la sienne.

Les vêtements à l'ancienne de Tachi semblaient déplacés dans les temps modernes; la longue jupe bleu méditerranéen balayait le sol quand elle marchait. Le chemisier en chanvre blanc brodé autour du décolleté.

Tachi attrapa finalement sa cuillère et prit une bouchée. Amara poussa un soupir de soulagement. Elle prit sa cuillère et ramassa un morceau de viande avec des morceaux de hominy nageant dans le bouillon. Sa bouche aurait pu mourir et aller au paradis à ce moment précis.

« Oh mon Dieu, c'est toi qui l'as fait ? » demanda Amara, ses mots à peine intelligibles la bouche pleine.

"Oui," répondit Tachi, étouffant un petit rire face à la réaction d'Amara.

"Excusez-moi," dit Amara, embarrassée par son manque de manières.

Tachi secoua la tête comme pour l'écarter. Le réincarné

était arrivé. Elle attendrait pour lui dire la vérité. Lui dire maintenant pourrait l'effrayer.

"Je m'appelle Amara", a-t-elle dit à Tachi entre deux bouchées de pozole.

Tachi a été surprise lorsqu'elle a entendu le nom à haute voix. Elle pourrait passer pour la jumelle identique de sa fille Amara. Ils étaient très différents en termes de tenue vestimentaire. Cette fille portait ses sous-vêtements. Du jamais vu à l'époque de Tachi, elle supposait que c'était à la mode l'année suivante.

Chapitre douze

Amara a fini de manger et a insisté pour qu'elle parte. Tachi avait un regard pensif sur son visage. Comme si elle avait quelque chose à dire. Au bout de quelques instants, elle parla.

"Tout n'est pas comme il semble", lui a dit Tachi.

"Qu'est-ce que ça veut dire?" a demandé Amara.

"Viens," répondit Tachi et se dirigea vers l'avant de la maison. Elle la conduisit jusqu'à la porte d'entrée. Tachi l'ouvrit et sortit, suivi d'Amara.

Où était le quartier ? Maman Erlina avait des voisins, mais maintenant il n'y avait plus que des arbres à la place des maisons. *Que diable se passe-t-il?* Un sentiment de nervosité l'envahit. Tachi se tenait juste là, le visage de pierre.

Amara retourna à l'intérieur. "Je dois vraiment revenir", a-t-elle dit à Tachi.

Elle monta les escaliers en courant et retourna à l'entrée. Tachi était étrange, c'est un euphémisme. Qui était-elle de toute façon ? Que faisait-elle dans la maison de maman Erlina ?

Amara espérait que Catarina dormait encore, mais elle était partie depuis plus d'une heure. Quand la porte s'ouvrit, elle traversa rapidement, jetant un coup d'œil vers l'endroit où dormait sa cousine. Dieu merci! Elle n'avait pas l'énergie d'expliquer quelque chose qu'elle n'était même pas sûre de croire elle-même. A-t-elle halluciné ? Était-ce les effets de la bière qu'elle avait bu la nuit dernière ? Avait-elle été droguée ?

Elle envisagea d'en parler à Marta, mais sa mère l'avait pratiquement interdit. Oncle Roberto pourrait être un meilleur choix. Il lui avait presque donné sa bénédiction. Elle se demandait pourquoi. D'une certaine manière, il l'a encouragée, lui offrant même une lampe de poche. Peut-être qu'elle lisait trop dans tout cela.

Elle a décidé de ne pas partager l'information avec son cousin. Elle l'avait sûrement déjà été. L'horloge sur le bureau indiquait sept heures. Tout le monde serait bientôt réveillé s'ils ne l'étaient pas déjà. Elle ferma les yeux et s'imagina qu'elle était de retour dans la grotte sous la cascade. La sensation chaleureuse des eaux bouillonnantes enveloppant ses sens, le goût du miel frais sur ses lèvres.

« Amara », appela Catarina, ramenant sa cousine au bord du sommeil.

« Bonjour, Cata », répondit Amara avec une demi-cohérence.

"Est-ce que tu vas dormir toute la journée ?" Catarina a plaisanté.

"Apparemment oui", a déclaré Amara d'un ton sarcastique qui a été perdu pour Catarina. Sa compréhension de l'anglais n'inclut pas le sarcasme, a noté Amara.

"Oh, ok," dit-elle avec un regard confus. Cela a fait rire son cousin.

Amara sortit du lit et se changea pour le petit déjeuner.

L'odeur du chorizo frit sur la cuisinière flottait dans la maison. La famille s'est réunie autour de la table et s'est tenue la main pendant que Mama Erlina disait la grâce. La couleur était revenue sur son visage. Un marcheur se tenait à côté d'elle à table. Le fauteuil roulant nulle part en vue.

Marta avait fait une copieuse tartinade. Un buffet de chorizo, huevos rancheros, chilaquiles et frijoles puercos. Amara n'avait plus faim après le pozole mais ne pouvait pas le dire à Marta. Elle en mit un peu dans son assiette pour apaiser sa mère.

Toute la famille était en effervescence. La santé de Mama Erlina était une source de préoccupation majeure depuis un certain temps. Bien que Roberto ait été soulagé que sa mère se sente mieux, il pouvait dire que des problèmes se préparaient sous la surface. Il voulait faire ce qu'il y avait de mieux pour la famille mais n'était pas sûr que laisser Amara errer de l'autre côté en était une. Elle n'était manifestement pas préparée à cela, et il ne pouvait pas non plus la prévenir. Elle devait trouver elle-même les réponses au passé. Elle seule pouvait briser la malédiction.

Roberto n'avait entendu que des rumeurs ; il ne savait pas trop s'il les croyait. Ne l'ayant jamais vu de ses propres yeux. Seuls les réincarnés pouvaient ouvrir la porte. Des choses étranges se produisaient. La guérison miraculeuse de sa mère coïncidant avec l'arrivée de la fille n'était pas une coïncidence. Cela a déclenché l'amélioration de Mama Erlina.

"Suite?" Marta a taquiné quand sa mère a demandé des secondes.

La vieille femme gloussa d'une fantaisie enfantine,

qu'Amara trouva attachante. « Ça fait si longtemps que je n'ai pas mangé de vraie nourriture, *j'ai faim* . Mama Erlina a répondu en écarquillant les yeux pour insister. Elle souffrait d'un régime entièrement liquide depuis un mois.

La réaction de Mama Erlina a fait rire tout le monde. Ils l'adoraient alors qu'elle le traitait pour tout ce qu'il valait. Marta était plus qu'heureuse d'obliger. Elle n'avait pas eu la chance de gâter sa mère dans ce qui semblait être une vie.

Une fois que tout le monde a fini son petit-déjeuner, Amara a nettoyé la vaisselle et l'a mise dans l'évier pour la laver. Catarina attrapa un torchon.

"A quelle heure vas-tu à Tepic?" Amara a demandé en bavardant. Catarina semblait distante depuis qu'elle l'avait interrogée sur la malédiction. Ce n'est qu'un fantasme, *non* ? Alors pourquoi le secret ?

"J'ai cours dans une heure, donc je pars quand nous aurons fini de nettoyer." dit Catarina, apparemment préoccupée.

"D'accord. Je suis content que nous ayons pu passer du temps ensemble », a déclaré Amara maladroitement.

"Moi aussi."

Une fois les tâches de la cuisine accomplies, Catarina est allée dans la chambre pour récupérer son sac de voyage. Alors qu'elle rassemblait ses affaires, elle remarqua quelque chose sur le sol devant le lit d'Amara. Sable rose. La cave! Amara avait brisé la barrière. Ce n'était plus qu'une question de temps avant que les Sombras ne viennent la chercher aussi.

« Cousine », appela Catarina. « Ma voiture est ici. Je te verrai prochainement."

Amara la suivit jusqu'à un taxi qui l'attendait. Ils échangèrent des câlins et des baisers aériens habituels puis Catarina se positionna à l'arrière du Tsuru.

"Au revoir," dit-elle en agitant la main.

Alors que le taxi s'éloignait, Catarina sentit une pointe de culpabilité l'envahir. Elle s'est souvenue de sa visite à un lecteur de palmiers nahuatl à la Foire de Tepic il y a des années. Il avait installé un kiosque dans un coin sombre du parc des expositions, près du Pavillon. Il tressaillit visiblement quand il le vit, laissant presque tomber sa main.

"Qu'as-tu vu?" demanda Catarina, alarmée par la réaction de l'homme.

Il secoua la tête en refusant de répondre. Derrière un rideau de son bureau de fortune, il sortit un sac d'os et une poche de sable. Comme s'il cherchait sa permission, il capta son regard et le soutint. Catarina hocha la tête en signe d'accord.

L'homme a soulevé le sable et lui a demandé de tendre la main à l'intérieur et d'en attraper une poignée. Elle l'a lâché sur une tablette de pierre. Après avoir vidé le sac sur la table, l'homme ferma les yeux. En quelques secondes, il murmurait dans sa langue maternelle, se balançant d'avant en arrière sur son siège.

Catarina était sur le point de sortir quand il a finalement parlé. Au début, elle pensait que c'était juste pour le spectacle, pour s'intéresser davantage à son métier. Puis il a commencé à donner un sens. Ses paroles portaient le fruit d'une graine qui avait été plantée en elle lorsqu'elle était enfant.

« Vous possédez le sang sacré du dieu Tlaloc, qui vous

protège, mais votre bouée de sauvetage est coupée en deux. Intercepté par le mal. Une grande malédiction règne sur le sang qui porte la tache des enfers. Seul Ichpochtli peut briser la malédiction en accomplissant la prophétie. Elle seule doit trouver le chemin du destin.

Elle avait déjà entendu l'histoire. Ichpochtli était la déesse de l'amour qui, selon la légende, revenait tous les deux cents ans pour retrouver l'âme sœur. Renaître à travers l'élu pour accomplir la prophétie pour empêcher Daemon de déchaîner le mal des enfers.

Catarina ne voulait pas croire aux contes de fées sur les dieux et les démons se battant pour le contrôle de la terre. Qui serait? Les dieux, luttant pour la prospérité et l'amélioration de l'humanité, contre Daemon et les Sombras, qui voulaient asservir les dieux pour un règne millénaire sur la terre.

"Jeune dame, nous sommes arrivés." dit le chauffeur en s'arrêtant devant son immeuble.

« Merci », dit Catarina en lui tendant trois billets de cent pesos croustillants.

Elle a envoyé un message rapide à son père pour lui faire savoir qu'elle était rentrée chez elle en toute sécurité.

Chapitre treize

Roberto était allongé sur un hamac dans le corral quand

Amara sortit pour arroser les fleurs. Mama Erlina se reposait

dans sa chambre avec Marta à proximité en regardant sa

telenovela préférée. Elle en profita pour lui parler seule.

« Oncle, es-tu réveillé ? » demanda-t-elle à Roberto.

Roberto marmonna quelque chose, apparemment agacé par l'interruption de sa sieste.

"Il se passe quelque chose de très mal." Elle ne savait pas trop comment aborder le sujet, alors elle a commencé lentement.

"Qu'est-ce que c'est?" demanda Roberto, bien qu'il sût de quoi elle parlait.

« Qui vit dans le passage secret ? demanda Amara.

"Personne", a répondu Roberto sans détour.

Elle ne pouvait pas dire s'il mentait ou s'il ne savait vraiment pas que quelqu'un était là. Peut-être qu'il essayait de garder la femme secrète.

"Alors qui est Tachi?" demanda Amara d'un ton accusateur.

Roberto avait l'air d'avoir vu un fantôme. Il a failli tomber du hamac en essayant de se relever.

"OMS?" Roberto déglutit, visuellement ému par la mention de son nom.

« Tachi, la femme qui vit dans le supposé passage secret. Est-elle ta petite amie? La cachez-vous à maman Erlina ? taquina Amara.

« Tu as rencontré Tachi ? » demanda Roberto.

"J'ai fait. Je suis allé de l'autre côté, et elle était là. Nous avons déjeuné ensemble. Son pozole était délicieux », lui dit Amara en se frottant le ventre pour l'accentuer.

Roberto a été stupéfait par la révélation. Tachi était mort depuis plus de 150 ans. La légende disait que seul le réincarné pouvait ouvrir la porte. Si Amara pouvait ouvrir la porte du passé, *c'était* bien elle l'élue !

Comme il n'était jamais allé de l'autre côté, il ne croyait même pas que la porte existait. « Juste un conte de vieilles femmes », disait Roberto lorsque les villageois parlaient des dieux ou de la prophétie aztèque. Il considérait les légendes comme plus absurdes et superstitions qu'autre chose.

"Ce n'est pas ce que tu penses, mon enfant," lui dit Roberto.

« Alors quoi ? Amara lui lança un regard inquisiteur.

"Il y a beaucoup de choses que vous ne comprenez pas", a-t-il répliqué.

« Je ne suis plus une petite fille. J'aurai dix-neuf ans dans deux semaines. Amara a répondu d'un ton impertinent.

Quand Amara est arrivée, l'état de Mama Erlina a radicalement changé. L'arrivée d'Amara avait réveillé les dieux. Il ne savait pas par où commencer pour lui expliquer. C'était plus facile de lui faire croire qu'il avait une petite amie secrète. S'il ne faisait rien, le monde tel qu'ils le connaissaient prendrait fin. Si la légende était vraie, l'apocalypse aztèque était dans deux semaines. [19e] anniversaire d'Amara .

« Tu as ouvert la porte ? » Roberto a demandé quand il a finalement parlé.

Amara hocha la tête.

"Dis moi tout!" Roberto a commandé.

"Ma mère m'a raconté des histoires sur une chambre secrète. Je voulais savoir si c'était vrai. Ensuite, j'ai trouvé une porte. Le mur vient… de s'ouvrir. expliqua Amara, hésitante.

Elle n'était même pas sûre que tout cela était réel. Comment est-ce possible? Comment une maison entière pourrait-elle être cachée à l'intérieur d'une grotte ? Ce n'est tout simplement pas possible. Est-ce? A-t-elle halluciné ?

"Quoi d'autre?" demanda Roberto.

Amara a essayé de juger de la réaction de son oncle et de ce qu'elle devrait révéler. Était-il en colère contre elle ? C'est lui qui lui a donné la lampe de poche et apparemment sa bénédiction.

« Comment était-ce, la première fois que vous y êtes allé ? Avais-tu peur?" a demandé Amara.

« Je n'y suis jamais allé », lui a dit Roberto. "Je n'ai même pas vu la porte."

Que voulait-il dire qu'il n'avait jamais été ? « Alors quoi ?

Qui est Tachi ? Est-elle de Jalco ? Maintenant, elle était vraiment confuse. Roberto retenait quelque chose. Comment savait-il que cela existait s'il ne l'avait jamais été ?

Roberto a commencé à lui raconter l'histoire de la malédiction.

"Qu'est-ce que les légendes aztèques ont à voir avec quoi que ce soit?" demanda-t-elle innocemment.

Marta sortit du corral et se dirigea vers le patio où ils parlaient.

"Comment va-t-elle?" Roberto lui a demandé, reconnaissant pour la distraction.

« Elle se repose confortablement », répondit Marta. Il était évident qu'elle interrompait leur conversation.

Roberto hocha la tête.

« Je vais faire une sieste », mentit Amara. Elle n'allait pas se coucher. Elle affronterait Tachi. Cette fois, elle ne pouvait pas la distraire avec de la nourriture.

Marta l'embrassa. "Est-ce que tout va bien?"

"Je vais bien, juste fatigué," Un autre mensonge. Elle esquissa un faible sourire.

« Roberto, comment ça va, financièrement ? » a demandé Marta. La maladie de Mama Erlina a demandé quotidiennement à Tepic différents spécialistes pendant près de six mois. Aucun d'entre eux n'avait la moindre idée de ce qui n'allait pas chez elle.

"Je fais de mon mieux", a admis Roberto. Il a omis de mentionner que les récoltes n'allaient pas bien. Il serait obligé de vendre le terrain, peut-être même la maison, pour payer les frais médicaux de leur mère.

"J'ai de l'argent de côté. Combien faut-il ? Marta a proposé. Amara n'en aurait pas besoin maintenant. Elle s'était vu offrir une bourse d'études complète pour l'État de Californie, raison pour Marta pour elle-même. Elle a pensé qu'ils pourraient épargner quelques milliers pour aider sa famille.

« Plus que vous ne pouvez en épargner, ma sœur. J'apprécie sincèrement votre offre mais je dois décliner. Roberto avait besoin de deux millions de pesos pour sauver la maison et le terrain. La vérité était que les vergers de manguiers perdaient de l'argent depuis des années. C'était comme si le sol s'était aggravé. Toute la ville avait ressenti le pincement.

"Combien est dû ?" a demandé Marta. À l'expression de son visage, elle pouvait dire que c'était mauvais.

"Cent mille dollars. Il va falloir vendre la maison et le verger.

Vendre la maison ? Marta ne pouvait pas laisser cela arriver ! Elle avait la moitié de l'argent nécessaire, mais pas assez pour tout payer.

De retour à l'intérieur, Amara se rendit au salon pour regarder autour d'elle. En étudiant les images, elle a cherché des indices sur les visages de ses ancêtres . *Roberto doit être ivre. De quoi parle-t-il même ? Quand je lui ai posé des questions sur la femme qu'il a planquée de l'autre côté, il m'a totalement époustouflé.* La conversation dans sa tête a encore alimenté son désir d'affronter Tachi. Elle avait l'air cool et fabriquait une bombe pozole, mais qu'en était-il de sa garde-robe? *Ils s'accrochent à la tradition ici* , pensa Amara.

Elle a trébuché sur un pli du tapis. Elle a attrapé le mur

pour se rattraper en tombant, envoyant le portrait de Manuel Rivera s'écraser au sol de l'autre côté de la pièce. Une forte détonation se répercuta sur le carrelage et résonna dans toute la maison. Espérant que personne ne l'entendait, elle courut pour le remettre. Le cadre en acajou était plus lourd qu'elle ne l'avait prévu. C'était comme s'il était alourdi par des briques.

Elle alluma la lampe de bureau pour mieux voir. Le support brun au dos du portrait s'était déchiré pendant la chute. Décollant le papier, elle regarda à l'intérieur. La lumière se reflétait sur une feuille de métal brillante sous le papier. Elle pencha la lampe d'une main tout en déchirant le papier de l'autre pour mieux voir.

"Mamá, viens vite", a-t-elle crié, presque en hyperventilation.

"Qu'est-ce qui ne va pas?" demanda Marta, surprise.

"Viens ici!" exhorta Amara.

Marta a suivi sa fille dans la maison avec Roberto un pas derrière.

"Voir!" dit Amara en pointant le tableau tombé.

"Oh non, Amara. Qu'avez-vous fait?" a demandé Marta. Ces peintures étaient accrochées au même endroit bien avant sa naissance.

Roberto saisit le portrait de part et d'autre du cadre en bois et le souleva. Amara attrapa le papier en le soulevant à l'arrière et le tira vers le bas.

"Amara, qu'est-ce qui ne va pas avec toi?" a demandé Marta. Qu'est-ce qui avait bien pu arriver à sa fille pour qu'elle se comporte ainsi ?

"Mamá, regarde," répondit Amara en pointant le métal doré brillant qui se reflétait sous le papier.

Marta plaqua sa main sur sa bouche en signe d'incrédulité. Roberto se tenait là, tenant le lourd cadre, inconscient de ce qui se passait.

"Qu'est-ce que c'est?" demanda Roberto. Il posa le cadre pour mieux voir. "Oh mon Dieu!"

Roberto a complètement enlevé le support en papier et s'est émerveillé de ce qu'il a vu. Une feuille d'or de près d'un pouce d'épaisseur recouvrait complètement le dos du portrait massif. Serait-ce le trésor caché de Don Manuel ?

Roberto a libéré l'or du dos du portrait et l'a posé sur la table devant la lampe avec des larmes dans les yeux. Selon lui, l'or pesait au moins 25 kilos. En regardant les autres tableaux, il se demanda s'ils étaient eux aussi doublés d'or.

Ils restèrent tous les trois sans voix pendant quelques instants. Abasourdis par ce qu'ils avaient trouvé. Don Manuel Rivera, avec l'aide d'Amara, avait sauvé l'héritage de sa famille près de 200 ans après sa mort. Son vœu de protéger la famille à tout prix a pris un nouveau sens.

Chapitre quatorze

Au total, il y avait plus de 250 kilos d'or cachés au dos des cadres. Amara regarda son oncle, un flot de larmes tomba silencieusement de ses yeux et coula du bas de son menton. Il y a dix minutes, il était sur le point de tout perdre, maintenant ils étaient la famille la plus riche de la ville. Peut-être tout le Mexique.

Roberto n'avait même pas dit à maman Erlina qu'ils avaient des problèmes financiers. Pourquoi l'inquiéter prématurément ? Maintenant que ses prières avaient été exaucées, il allait enfin lui dire la vérité. Il vendrait une feuille d'or et enterrerait le reste. Gardez-le pour les futures générations de Riveras, comme l'aurait voulu Don Manuel.

Bien que ravi du changement de fortune, il a validé la légende du trésor. Il frissonna à l'idée que le reste était également vrai. Si tel est le cas, le monde se terminerait dans deux semaines à moins que la prophétie des âmes sœurs ne se réalise. Amara avait juste besoin de tomber amoureuse de l'âme sœur et de se marier. Elle devait d'abord le trouver.

L'agitation a réveillé Mama Erlina de sa sieste. "Que se passe-t-il?" a demandé maman Erlina en entrant dans la pièce. Elle n'utilisait plus qu'un déambulateur. « Qu'est-ce que tout le monde crie ? demanda-t-elle, ne sachant que penser de toute cette excitation.

"Voir!" Roberto ramassa une feuille d'or sur le sol et l'apporta à l'endroit où se tenait sa mère.

Maman Erlina pouvait sentir ses genoux trembler. Elle s'appuya sur le déambulateur pour ne pas tomber en arrière. "Bon Dieu, qu'est-ce que c'est?" Elle a demandé à Roberto.

« C'est le trésor de Don Manuel Rivera. », expliqua Roberto d'un ton dramatique.

Amara a pris conscience qu'il y avait plus de vérité que de fiction dans la légende familiale. Bien que le trésor n'ait pas été enterré, en soi. Il se cachait à la vue de tous. Elle avait entendu des histoires sur la façon dont les soldats espagnols demandaient à leurs femmes de coudre de l'or et des pierres précieuses dans la doublure de leurs vêtements. Lorsqu'ils ont été chassés de San Blas par les révolutionnaires mexicains, ils l'ont fait sortir clandestinement sans être détectés. La légende raconte que plus d'une tonne d'or a été enterrée dans le terrain montagneux accidenté sur la route à travers Jalcocotan.

Amara se sentit obligé de retourner de l'autre côté. Presque comme si elle était attirée par ça. Le reste des réponses devait être là. Elle envisagea de se faire accompagner par Marta et Roberto mais décida de ne pas le faire.

Les laissant à leur fête, Amara s'excusa dans sa chambre. Elle voulait capturer les événements des derniers jours dans son journal avant que des détails importants ne soient oubliés. Un jour, tout cela ne serait qu'un souvenir ou une histoire racontée aux générations futures. Trouver le trésor de Rivera. Elle ne pouvait s'empêcher d'être fière d'avoir joué un rôle dans la sauvegarde de l'héritage de sa famille.

Amara a ri à l'idée de son portrait de klutz. La vérité était qu'elle n'était pas près du portrait quand il est tombé. Elle l'avait à peine touché quelques minutes avant la chute, mais pas avec assez de force pour le renverser. Quelqu'un , ou quelque *chose* , y a contribué.

D'abord le signe de croix pour se protéger, puis elle posa ses mains sur le mur. Finie la bravade décontractée des visites précédentes. Quelque chose l'avait changée. Peut-être que trouver un trésor de plusieurs millions de dollars y était pour quelque chose.

Amara partit immédiatement à la recherche de Tachi. Était-elle une intruse ou l'amante de Roberto ? Tout son comportement changea à la simple mention de son nom. De toute façon, elle la ferait parler.

Des voix pouvaient être entendues venant du corral alors qu'elle se rapprochait. Amara s'arrêta au bas de l'escalier et essaya de comprendre ce qu'ils disaient. L'un était un homme, l'autre ressemblait à Tachi, mais elle n'en était pas sûre. Cela ne ressemblait pas à son oncle. Non, cet homme avait une voix grave et rauque comme un fumeur. Le ton de Roberto était plus doux.

Elle était aux prises avec le désir de les affronter tous les deux. Au lieu de cela, les espionner sans être détectés semblait être une meilleure idée pour le moment. Elle traversa le salon sur la pointe des pieds et remonta le couloir vers le corral. Le rideau au-dessus de l'entrée de la salle à manger a été fermé, offrant un endroit parfait pour écouter.

"J'ai vu la fille", entendit-elle dire Tachi, vraisemblablement à l'homme.

"Que lui as-tu dit?" L'homme questionna.

"Rien." Tachi a répondu

Tachi savait qu'elle avait été dans la grotte, il y avait des grains de sable sous la chaise où elle s'était assise. Il ne faudrait pas longtemps avant qu'Amara en ressente les effets. Elle n'en a pas parlé à Manuel. Inutile de l'inquiéter. Jusqu'à maintenant.

Amara ouvrit le rideau et entra dans la salle à manger. "Dis moi quoi?" demanda-t-elle en dirigeant son attention vers l'homme. Il avait l'air étrangement familier, même si elle ne savait pas où elle l'avait vu. Peut-être qu'il était au festival.

L'homme sursauta en la voyant. « Amara ? Est-ce vous?" Il parut choqué en la voyant.

"Oui. C'est moi. Et qui êtes-vous?" Elle pouvait à peine contenir son agacement face à sa présomption qu'il la connaissait.

"Je suis ton père." L'homme répondit, le visage impassible.

« Manuel, non ! » Tachi cria, enfouissant son visage dans ses mains.

"Que se passe-t-il? Qui êtes-vous ? demanda Amara. Cet homme n'était certainement pas son père.

« Nous sommes vos parents. Vous nous traiterez avec respect ! Manuel ordonna de perdre patience.

« Ce n'est pas elle ! Elle vient de l'année la plus éloignée », a déclaré Tachi à Manuel en nahuatl.

Manuel essaya de retrouver son calme. Son esprit évalua

rapidement la situation. C'était elle qu'ils attendaient. Le réincarné. Une image miroir de sa propre fille.

Dans deux semaines, Daemon viendrait toucher le contrat, mais son Amara était partie depuis des mois. Elle a disparu après être allée travailler pour une plantation de café. Un messager qui travaillait à la plantation a annoncé sa disparition. Il espérait qu'elle s'était simplement enfuie et reviendrait un jour vers eux.

"Dis quelquechose!" Amara a commandé.

"Asseyez-vous", Tachi fit signe à la table à manger.

Amara a commencé à protester, cédant lorsque Tachi et Manuel ont pris place de l'autre côté de la table.

L'homme se racla la gorge puis se mit à parler. "Je m'appelle Manuel Rivera. Bienvenue chez moi."

« C'est la maison de ma grand-mère. Vous êtes tous les deux en infraction !" Amara a insisté. L'homme ressemblait au portrait de Manuel Rivera où elle a trouvé l'or.

"Ma fille, quelle est la date d'aujourd'hui?" demanda don Manuel.

« C'est une question étrange. Je pourrais te demander la même chose. Quelle *est* la date ? demanda sarcastiquement Amara.

"Le troisième jour de décembre mil huit cent dix." répondit Manuel offensé par son ton.

Amara avait l'impression que le sol était tombé sous elle. A-t-il dit 1810 ? "Je suis désolé qu'avez-vous dit?" demanda-t-elle, luttant contre la confusion et l'incrédulité.

« Quelle est l'année à votre époque ? » a demandé Manuel.

Il a dit, ' *votre temps* ', se répétait-elle dans sa tête.

"Nous sommes en 2010", a répondu Amara. Elle n'était pas sûre de le croire ou non. « Le voyage dans le temps est impossible. En plus, je n'ai pas de machine à voyager dans le temps, ajouta-t-elle avec plus de sarcasme.

Voyant qu'Amara avait des doutes, Tachi prit la parole : « Je peux vous aider à trouver les réponses que vous cherchez. Viens avec moi." Elle se leva et tendit la main.

Après trente bonnes secondes, Amara tendit prudemment sa main. Ces personnes étaient-elles vraiment ses arrière-grands-parents trois fois éloignés ? Elle se souvenait du portrait accroché dans la chambre à l'étage. Tachi et Manuel leur ressemblent, contra-t-elle, débattant mentalement de la possibilité de ce que disait Manuel.

Chapitre quinze

Avait-elle vraiment voyagé 200 ans dans le passé ? Compte tenu des événements étranges de ces derniers jours, c'était plausible. Ils entrèrent dans la grotte et se dirigèrent vers le rocher. Caché derrière elle se trouvait un escalier qu'elle n'avait pas remarqué auparavant. Alors qu'ils descendaient les escaliers, Amara entendit une chute d'eau s'écraser au loin. Ce chemin suivait une corniche de pierre derrière les chutes. Ils descendirent une petite série de marches et pénétrèrent dans l'eau.

"Nous traverserons les chutes", a déclaré Tachi.

Amara n'avait aucune idée de l'endroit où ils allaient, ni de la façon dont ce voyage révélerait des secrets, mais il ne fallut pas longtemps pour le découvrir. Ils traversèrent la cascade et grimpèrent une série de marches dorées. Des dessins sur les murs qui représentaient une bataille entre les dieux et un grand hibou.

"Intéressant," dit-elle dans un souffle.

Tachi s'arrêta devant un autel, se mit à genoux et baissa la tête. Amara se tenait juste là, regardant maladroitement. Ne sachant pas si elle doit être agenouillée ou debout. Tachi a commencé à chanter dans une langue qu'Amara n'avait jamais entendue auparavant, puis a commencé à danser comme si elle était possédée.

Je vais être un sacrifice humain , dit la voix dans sa tête. Une flamme jaillit de derrière l'autel. Au fur et à mesure que l'intensité du rituel augmentait, le feu augmentait également.

Amara ne comprenait pas ce qu'elle disait. Un seul mot ressortait, « mihcatzintli », un mot nahuatl signifiant mort. L'enfer éclata violemment. Un homme est apparu au milieu du feu. La peur s'est glissée dans son âme, entravant temporairement sa capacité à bouger.

Tachi s'immobilisa et tendit la main. Ses yeux ambrés brillaient d'une lueur dorée lorsque leur peau se touchait. Les dieux ont inondé l'esprit d'Amara du savoir de ses ancêtres. Ichpochtli, la déesse de l'amour, s'était éveillée en elle, prête à prendre les rênes. Elle se réconciliait avec le subconscient d'Amara pour immerger complètement son esprit dans le réincarné. Le sol gronda sous leurs pieds, brisant la pierre.

Les dieux sont sortis de leurs lieux de repos en chantant et en dansant en synchronisation avec Tachi. Amara se tenait là. Un mélange de terreur et de force l'envahit. Elle pouvait sentir un changement en elle. Ses yeux papillonnèrent involontairement au fur et à mesure que la transformation progressait.

Des images et des souvenirs d'un lointain passé continuaient à se déverser dans son esprit. Un mirage de souvenirs qui n'étaient pas les siens emplit son subconscient. Elle a revécu l'horreur de la capture d'Ichpochtli par Daemon au

XIIIe siècle. Les Sombras encerclèrent la demeure de sa famille en attendant l'heure des sorcières. Quand il est arrivé, ils ont massacré tous les membres de sa famille sauf un et ont pris Ichpochtli en offrande à Daemon.

La nouvelle du massacre se répandit dans toute la ville. L'âme sœur, Xochipilli, l'a cherchée en vain. Quand Ichpochtli a refusé d'épouser Daemon, cela a renforcé son désir de vengeance. Un lien de sang lui donnerait la domination sur les vivants et les morts. S'il ne pouvait pas l'avoir, personne ne le ferait.

Daemon a nourri Ichpochtli au volcan sur la patrie de sa famille en sacrifice à Mictlantecuhtli, le souverain des enfers. Son sang a fusionné avec la lave chaude qui s'est échappée de son noyau lors d'une violente éruption suintant du flanc de la montagne.

Les veines d'Amara brillaient d'un rouge ardent à travers sa peau. Tachi relâcha sa main lorsque la transformation fut terminée. La peur de l'inconnu remplacée par le courage et la sagesse. Il n'y avait aucun doute dans son esprit qu'elle accomplirait la prophétie. Son mariage avec l'âme sœur briserait la malédiction une fois pour toutes.

Ils sortirent de la grotte et trouvèrent Don Manuel qui attendait à l'extérieur. "Amara, vous avez un visiteur."

Elle savait qui c'était, sentait sa présence dans son âme. Il se tenait dans le salon, attendant avec impatience son arrivée. Était-il au courant de la malédiction ? Il ne l'a sûrement pas fait. Elle épouserait l'âme sœur immédiatement, mais l'homme qui se tenait devant elle dans toute sa gloire délicieusement belle était mort depuis plus de 150 ans à son époque.

"Mon amour, mes yeux ont été bénis par ta beauté. Je t'ai apporté un cadeau. » Porfirio sortit un bouquet d'orchidées de derrière son dos.

L'odeur enivrante des fleurs était fascinante. Les fleurs ne sentaient pas comme ça à son époque. La modification génétique a veillé à cela. Porfirio était charmant. Un gentleman complet dans tous les sens du terme, mais elle savait qu'elle ne pouvait pas rester en 1810 avec lui. Pourrait-il passer à son époque ? Il y avait tellement de questions sans réponse, mais le temps était compté. Selon la légende, elle devait se marier avant son 19 ^{e} anniversaire, qui était dans moins de deux semaines. Ses parents seraient-ils d'accord ? Elle imaginait que son père y serait fermement opposé. Et Izzy ? À en juger par les normes de 2010, elle devait admettre que c'était fou. Qui épouse un homme qu'elle ne connaît pas il y a deux cents ans ?

Tout à coup, cela lui vint à l'esprit. Si elle était la réincarnée à son époque, alors Porfirio doit également avoir une réincarnation à son époque. Il fallait le retrouver au plus vite. Elle appellerait Izzy quand elle reviendrait de l'autre côté. L' *année suivante* comme Don Manuel et Tachi l'ont appelé. Elle gloussa presque à cette pensée. Tout se passait si vite, mais elle avait l'impression d'être là depuis une éternité. Dans un sens, elle l'avait été. Ses souvenirs partageaient de l'espace dans son esprit avec les souvenirs des élus qui l'avaient précédée.

La bataille qui se profile devant eux ne sera pas facile à conquérir. La bataille entre le bien et le mal, Daemon et les dieux durait depuis la nuit des temps. Tant de guerriers avaient donné leur vie pour briser la malédiction et accomplir la prophétie, qu'est-ce qui lui faisait penser qu'elle serait celle qui y mettrait fin une fois pour toutes ?

« Amara, es-tu perdue ? » demanda Porfirio.

Elle devait avoir l'air d'une cinglée regardant dans le vide, perdue dans ses propres pensées. "Non, je suis exactement là où j'appartiens", lui a-t-elle dit.

« Voulez-vous m'accompagner au baptême du fils de mon frère à la Catedral de la Purísima Concepción à Tepic ? Il y aura des festivités après la cérémonie.

« Je serais honoré de vous accompagner. Donnez-moi quelques minutes pour changer de tenue », a répondu Amara en essayant de parler correctement.

Tachi, comme au bon moment, fit signe à Amara de la suivre à l'étage, la menant à la pièce où elle avait trouvé les robes lors de son premier voyage. Amara a choisi une jupe rouge brodée associée à une chemise en toile blanche assortie à fleurs rouges.

Elle enfila les vêtements en s'émerveillant de la coupe parfaite. Tachi a épinglé ses cheveux, ajoutant un pendentif rouge tricoté qui complimentait les fleurs sur ses vêtements. Les yeux de Tachi se remplirent de larmes quand elle la regarda. Amara était l'image miroir de sa fille.

Amara admirait son reflet. Sa tenue était magnifique. Elle a essayé de prendre un selfie mais avec tous les vêtements supplémentaires, ce n'était pas facile. Elle a demandé à Tachi de le prendre pour elle. "Pouvez-vous prendre ma photo?" elle a demandé.

Les yeux de Tachi s'écarquillèrent de curiosité et de confusion. "Je n'ai pas l'équipement pour une photographie", a-t-elle répondu, ce qui a fait rire Amara.

"Avec ça", a déclaré Amara en lui tendant le téléphone.

Tachi tenait le téléphone comme si c'était un déchet toxique. « Quel est cet engin ? demanda-t-elle avec inquiétude.

"C'est une caméra. Vous appuyez sur le gros point rond quand vous me voyez à l'intérieur », a expliqué Amara en essayant de ne pas rire.

Amara a pris la pose. Tachi eut le souffle coupé en voyant son reflet sur l'écran. Elle avait allumé la caméra frontale. Amara a appuyé sur l'icône pour remettre l'appareil photo en position dos à la route et a souri. Le flash lumineux a fait tomber Tachi presque le téléphone, provoquant un autre rire d'Amara.

"Souriez pour que je puisse prendre votre photo", a demandé Amara. Tachi s'exécuta prudemment. Amara a focalisé la caméra. Après avoir pris la photo de Tachi, ils sont redescendus vers les hommes.

"Mon amour, tu es magnifique", s'exclama Porfirio.

« Pourquoi merci, monsieur. Vous êtes vous-même incroyablement beau », a répondu Amara.

Chapitre seize

Porfirio aida Amara à s'asseoir et prit sa place à la barre. Elle n'avait jamais monté dans une calèche tirée par des chevaux auparavant. Un véhicule à moteur n'avait pas l'ambiance romantique d'un voyage comme celui-ci. Ils descendirent la montagne et traversèrent les rues de Jalco. Elle voulait désespérément prendre des photos pour documenter son aventure mais ne voulait pas lui faire peur.

Porfirio fit signe aux habitants de la ville qui passaient. Elle entendit leurs halètements et imagina les commérages entourant le "retour" d'Amara Rivera. Même s'ils étaient des gens complètement différents, ils étaient les mêmes. Amara avait les mêmes souvenirs des réincarnés qui l'avaient précédée et ressentait les sentiments qu'ils partageaient pour l'âme sœur. Elle devait admettre qu'elle était éperdument amoureuse de Porfirio bien que dans sa propre vie, elle ne l'ait même pas connu.

Le chariot a rebondi de haut en bas sur le terrain accidenté en route vers Tepic. Elle pensait que le trajet dans le camion de son oncle lui avait donné le mal de voiture, mais ce trajet a donné un nouveau sens au mot. Devant eux, plusieurs hommes montaient la garde dans ce qui semblait être un barrage routier.

"Ce qui se passe?" demanda Amara, effrayée par la menace potentielle.

"Je ne suis pas sûr", a répondu Porfirio. "Ne t'inquiète pas mon amour. Je te protègerai."

Elle devait admettre qu'elle se sentait en sécurité avec lui. Il avait un revolver à ses côtés, ce qui l'aidait à se rassurer. A mesure qu'ils s'approchaient, le groupe se rassembla autour de la voiture. Ils semblaient être des soldats.

"Quel est ton nom?" demanda le chef apparent.

"Porfirio Gutiérrez."

"Où allez-vous?"

"Catedral de la Purísima Concepción à Tepic", a répondu Porfirio.

Les hommes ont fouillé la voiture. Satisfaits qu'ils ne présentaient aucun mal, ils ont été autorisés à passer. Amara poussa un soupir de soulagement. Pendant un instant fugace, elle fut reconnaissante pour la dynamique qui les empêchait de s'enquérir d'elle. Que dirait-elle si quelqu'un lui demandait son nom ? Amara Rivera ? Amara Casillas ? À cette époque, elle devrait être Amara Rivera, car les gens la croiraient délirante ou peut-être une sorcière si elle tentait de revendiquer un autre nom que celui que l'on croyait être le sien.

Le reste du voyage, ils ont surtout bavardé. Porfirio a professé son amour pour elle et la joie qu'il ressentait à son retour. Il voulait faire des plans de mariage dès que possible avant qu'elle n'ait une chance de s'éloigner de lui à nouveau, expliqua-t-il suivi d'un rire gêné. Le mariage durerait quatre jours, la cérémonie proprement dite ayant lieu le premier soir. Elle se surprit à attendre l'événement avec impatience, puis une pensée lui vint à l'esprit.

Comment s'en sortirait-elle ? Le pourrait-elle ? Puisque la vraie Amara Rivera manquait toujours à l'appel, que se passerait-il lorsqu'elle reviendrait à son époque ? Porfirio serait dévasté de la perdre à nouveau. D'autre part, qu'en est-il de l'âme sœur en son temps ? Comment son mariage avec ce Porfirio affecterait-il la malédiction ? Techniquement, elle était la réincarnée, mais pas l' Amara Rivera.

Ils arrivèrent à l'église vers six heures et demie du soir. Le soleil s'était presque couché, jetant une lueur fuchsia dans le ciel. Quand ils sont entrés, les gens ont regardé et chuchoté à la personne assise à côté d'eux. Apparemment, Mlle Rivera était également connue dans ces régions. Amara marchait fièrement la tête haute et le sourire aux lèvres. Elle a décidé de balayer toutes les questions que les autres invités pourraient avoir. D'ailleurs, ce n'était pas leurs affaires.

Ils ont été invités à s'asseoir à l'avant de l'église avec la famille. Porfirio salua sa mère et son père ; Amara a suivi son exemple. De toute évidence, elle était également bien connue de sa famille. Elle commença à reconnaître leurs visages alors que les souvenirs d'Amara Rivera se mêlaient aux siens.

Amara regarda pour voir un visage remarquablement familier qui lui souriait et lui faisait signe. C'était Isabel, la meilleure amie d'Amara Rivera. Elle était le portrait craché d'Izzy ! Quelles étaient les chances ? Tout le monde à son époque n'était-il qu'une copie du passé ? Elle a fait une note mentale pour faufiler autant de photos que possible. Izzy n'allait jamais y croire. Elle l'accuserait d'être ivre ou d'halluciner. Honnêtement, elle n'était pas sûre du tout si cela se produisait vraiment. Les rêves qu'elle avait eus auparavant à propos de Porfirio semblaient également réels. Rien de tout cela n'a du sens. Pas du genre à gâcher le moment, elle a joué le jeu.

Une fois la cérémonie terminée, Isabel s'est approchée d'elle alors qu'ils marchaient dehors. « Amara ! Où étais-tu?" ses yeux s'écarquillèrent d'excitation au retour de sa meilleure amie.

"Salut Isabelle. Je suis allé travailler pour un autre agriculteur. Je n'avais pas réalisé que cela causerait un tel émoi, répondit Amara avec circonspection.

"Tu es pardonné," dit Isabel avec un sourire. « Je suis juste content que tu sois de retour. Tout le monde s'inquiétait pour toi !

Les filles se sont rendues bras dessus bras dessous à la réception organisée chez le frère de Porfirio, en haut de la rue de l'église. Porfirio marchait devant eux, sa mère tenant son bras. Amara a imaginé ce que ce serait de rester à cette époque. Elle devait admettre que l'idée semblait séduisante. Peut-être qu'elle pourrait vivre dans *les deux* mondes. Si elle restait à Jalco avec Mama Erlina, elle pourrait le faire fonctionner. La vie semblait beaucoup plus simple en 1810 qu'à son époque de toute façon. Les hommes étaient doux, nobles même, et les femmes respectueuses et vertueuses. Toutes les qualités qui étaient rares d'où elle venait.

Amara et Isabel prirent place à table avec Porfirio et sa mère. Les serveurs s'affairaient à servir des assiettes et à remplir des verres. Le décor était élégant et majestueux. Le frère de Porfirio était apparemment un politicien aisé à Tepic. Son opulence en plein écran dans la grande salle de bal de sa somptueuse demeure. Elle ne s'était pas attendue à de tels étalages ostentatoires, mais elle l'a bu avec impatience.

Une fois le service du dîner terminé, certains des invités se sont retirés sur la terrasse pour boire un verre, tandis que d'autres sont allés dans la salle de bal pour danser sur le groupe de mariachis jouant dans le coin. Amara a suivi Isabel dans le jardin où elle a admiré le magnifique paysage et l'architecture. "La rumeur veut que le roi ait construit cette maison pour sa maîtresse il y a plus de cent ans." murmura Isabelle. Les commérages apparemment scandaleux étaient trop pour qu'elle parle à haute voix.

Amara étouffa un petit rire à l'idée de la réaction d'Isabel sur Instagram et Facebook. La pauvre fille s'évanouirait probablement sous le choc. "Oh mon Dieu, pouvez-vous imaginer le scandale?" Amara répondit avec une indignation feinte, s'éventant avec l'éventail en dentelle que Tachi lui avait donné.

Isabel était amusante tout comme sa meilleure amie Izzy mais beaucoup plus réservée. Elle était naïve mais sage au-delà de son âge. Amara devait admettre qu'elle appréciait sa visite au Mexique, en particulier dans le passé. Une histoire pour s'endormir ne pouvait pas égaler la réalité de la vie dans un pueblo du début du 19e ^{siècle}.

Porfirio s'avança vers eux et prit Amara par la main. « Puis-je avoir cette danse, señorita ?

« Je vous serais très obligée », répondit-elle.

Il la conduisit à la salle de bal où ils rejoignirent les autres couples sur la piste de danse. Amara regarda les autres femmes et suivit son exemple. La chanson finie, elle rejoignit Isabel dans le jardin pendant que Porfirio allait chercher des rafraîchissements.

Avec l'appareil photo de son téléphone qui sortait de son sac à main, Amara a pris des photos et des vidéos pour documenter l'événement. Elle a joué avec l'idée de faire poser Isabel sans le savoir pour un selfie. Elle décida qu'il n'y avait pas grand-chose à perdre et sortit son appareil photo et attira son nouvel ami en vue.

"Je l'ai acheté à Sonora", a menti Amara.

« Je n'ai jamais vu un miroir comme celui-là auparavant. Ça a l'air étrange, répondit Isabel.

"On me dit qu'ils font fureur en Europe." L'explication d'Amara sembla satisfaire la curiosité d'Isabel pour le supposé miroir. Elle a pris à la hâte plusieurs selfies et a remis le téléphone dans son sac à main. Izzy devrait la croire maintenant ; elle avait la preuve.

Porfirio revint avec un verre de jus d'ananas pour chacun d'eux. Amara l'avala avec soif, ce qui provoqua un rire chez ses compagnons.

"Apparemment, vous avez laissé vos manières à Sonora", taquina Isabel.

"Oh mon dieu, il semble que oui", a rétorqué Amara.

« Mesdames, je déteste interrompre vos joyeuses

retrouvailles, mais nous devons vraiment y aller. C'est tout un voyage de retour à Jalco à cette heure-ci », a déclaré Porfirio.

Ils se dirent au revoir et s'en allèrent. Amara avait tellement de questions à poser à Porfirio qu'elle craignait d'avoir dissuadé le pauvre homme sur le chemin du retour. Il l'a heureusement obligée à chaque enquête. Il était tellement submergé de joie à son retour qu'il a balayé toutes les inquiétudes qu'il avait au sujet de son comportement étrange. Sa curiosité de la pousser à obtenir des détails était contrebalancée par son respect pour la vie privée de sa fiancée. Elle parlerait quand elle serait prête, raisonna-t-il.

Ils arrivèrent chez les Rivera vers onze heures et demie. Porfirio l'aida à descendre de la voiture et la raccompagna jusqu'à la porte. "Puis-je profiter du plaisir de ta compagnie demain, mon amour?" demanda-t-il puis déposa un doux baiser sur sa main.

"Peut-être, peut-être pas," répondit Amara.

Chapitre dix-sept

Tachi et Don Manuel l'attendaient à son retour. « Cendrillon est de retour », dit-elle en riant.

« Qui est-ce, Cendrillon ? » demanda Tachi avec inquiétude.

"C'est un film", a expliqué Amara, ce qui n'a fait que compliquer la situation. "Peu importe. Je devrais rentrer. Ma mère va me tuer pour être sorti si tard.

Comme au bon moment, ils firent tous les deux le signe de la croix à l'expression. « Vous devez partir tout de suite ! s'exclama Tachi pensivement.

Amara étouffa un rire. De toute évidence, ses blagues n'étaient pas appréciées, encore moins comprises, de ce côté-ci de l'histoire. Elle changea de vêtements et retourna de l'autre côté où elle trouva Marta assise sur son lit.

« Je suppose que je n'ai pas besoin de te demander où tu étais, dit Marta. « Vous avez été prévenu de vous mêler de vos affaires. Vous ne pouvez pas fouiner dans la maison de quelqu'un d'autre.

« Je suis désolée, maman, mais tu ne comprends pas ce qui se passe », répondit Amara. Elle détestait décevoir sa mère mais ne savait pas si elle pouvait lui dire quoi que ce soit à propos de la malédiction ou de ce qu'elle avait appris de l'autre côté. Elle se demanda si Marta se rendait compte que la porte était un portail menant deux cents ans dans le passé. Tachi connaîtrait les réponses. Si elle acceptait, alors Amara dirait tout à Marta le moment venu.

"Va te coucher, ma fille. Nous en reparlerons demain.

Quand elle a été sûre que Marta dormait, Amara a sorti son téléphone et a fait une recherche d'image inversée sur la photo de Porfirio. Il a extrait un profil Facebook de Rio Gutierrez à Tepic. Elle a cliqué sur son profil pour obtenir plus d'informations. Il a dit qu'il avait dix-neuf ans et qu'il était étudiant à l'université. La même école que Catalina fréquente. Elle lui a envoyé une demande d'ami en espérant qu'il répondrait.

Moins de cinq minutes plus tard, elle a reçu la notification qu'il avait accepté sa demande. Son cœur rata un battement alors que des papillons se frappaient pour sortir du creux de son estomac. Que lui dirait-elle, *bonjour bien que nous ne nous soyons jamais rencontrés, nous devons nous marier dans deux semaines ?* Il penserait qu'elle était une harceleuse folle.

Elle a branché le chargeur sur son téléphone et a tenté de dormir un peu. *Ding !* Un message est passé sur Messenger. Serait-ce lui ? Certainement pas! Elle se retourna pour vérifier le message.

"Bonjour jolie demoiselle." C'était lui!

"Bonjour."

« Alors, comment connais-tu mon amie Catalina ? Porfirio a répondu par SMS.

"Elle est ma cousine."

« Nous sommes dans le même cours d'histoire à l'université », l'informa-t-il.

"Intéressant. Alors, qu'est-ce que tu apprends en cours d'histoire ? » demanda Amara, essayant de bavarder.

"Le père Mercado et la libération de Tepic le 1er décembre 1810." Il a répondu.

Tout cela était trop une coïncidence. Porfirio, l'année suivante, était-il au courant de tout cela ? S'est-il rendu compte qu'il faisait partie d'une malédiction vieille de plusieurs siècles ? L'avait-il aussi cherchée ? Elle n'a pas répondu. Le sommeil l'attirait. Demain, elle répondrait. Demain, elle appellerait Izzy et lui demanderait de venir au Mexique immédiatement.

Au moment où sa tête a touché l'oreiller, Amara a succombé au Sandman. Les événements de la journée avaient été plus épuisants que prévu. Ses rêves étaient devenus plus vivants depuis son arrivée au Mexique. Apparaissant maintenant plus comme des visions que des rêves. Elle pouvait sentir la présence de ses ancêtres. Ils étaient désormais d'un même avis.

Une femme pouvait être entendue appeler à l'aide au loin. Elle est apparue sale et échevelée. Ses vêtements en lambeaux pendaient sur son corps frêle. "Aidez-moi, s'il vous plaît."

"Qui es-tu?" Amara a répondu

"Je suis Amara Rivera", répondit la voix.

"Où es-tu?"

"Mazatlan. J'ai été capturé et détenu dans la Caverne du Diable. Mes ravisseurs ont été pris en embuscade. Veuillez envoyer de l'aide », a plaidé Amara Rivera d'une voix faible. « Faites savoir à Porfirio qu'il viendra me chercher.

Il n'y avait aucun doute dans l'esprit d'Amara que Porfirio l'aiderait. Qu'allaient-ils lui dire, que la femme qu'il avait reçue la nuit dernière était maintenant retenue en otage dans une grotte à des centaines de kilomètres de là ? Elle devait prévenir Don Manuel et Tachi. Ils sauraient quoi faire.

Sa vision est devenue noire comme si un poste de télévision avait été éteint. Amara Rivera ne s'était pas enfuie ; elle avait été kidnappée ! Amara pouvait ressentir la peur et la faim que l'aîné Amara éprouvait. Que ferait Porfirio lorsqu'il découvrirait la vérité ? Serait-il capable de gérer la vérité ou de croire qu'ils étaient tous des sorciers et de les dénoncer au père

Mercado ?

Dans l'esprit de Porfirio, Amara Rivera l'avait accompagné au baptême de son neveu, comment réagirait-il en sachant qu'un voyageur temporel lui avait menti depuis 2010 ? C'était trop pour comprendre sa tête. Peut-être que tout cela était le fruit de son imagination.

L'odeur du petit-déjeuner préparé dans la cuisine tira Amara de son sommeil. Elle débranche son téléphone et appuie sur l'icône de la galerie de photos. Les photos qu'elle avait prises la veille étaient là. Elle composa le numéro d'Izzy et attendit que son amie réponde.

"Bonjour?" La voix d'Izzy est venue sur la ligne.

"J'ai besoin que vous veniez ici dès que vous le pourrez", a insisté Amara.

"Que se passe-t-il? Est-ce que tout va bien?"

« Je ne peux pas en parler maintenant. Je te le dirai quand tu arriveras ici.

« Je serai sur le prochain vol », lui assura Izzy.

"Merci! Je vous en suis reconnaissant."

"N'importe quand."

Izzy a réservé un vol et a commencé à faire ses valises. Elle ne pouvait pas imaginer ce qui était si urgent qu'Amara avait besoin d'elle tout de suite. La vérité était qu'elle irait n'importe où ou ferait tout ce que sa meilleure amie avait besoin qu'elle fasse. Si Amara demandait une faveur, alors ça devait être quelque chose de sérieux.

Amara a pris une douche rapide et s'est préparée pour la journée. Elle irait voir Tachi et Don Manuel avant le petit déjeuner et serait de retour avant que Marta ne sache qu'elle avait disparu. Dedans et dehors. Elle ne pouvait ignorer les appels à l'aide d'Amara Rivera. Sa famille s'inquiétait pour elle. Surtout qu'elle n'est jamais revenue. Son seul espoir était de deux cents ans dans le futur !

Amara partit immédiatement à la recherche de Tachi lorsqu'elle atteignit l'autre côté. La maison était vide. Où pourraient-ils être ? Elle a fouillé pièce par pièce à la recherche d'un indice sur l'endroit où ils se trouvaient. Aux yeux de l'aînée Amara, le temps manquait pour sa survie. Elle avait l'air de ne pas avoir mangé depuis des jours, peut-être plus longtemps.

Des assiettes froides de petit-déjeuner à moitié mangé gisaient toujours sur la table suggérant qu'ils étaient partis à la hâte. Quelque chose n'allait pas ! Tachi ne quitterait jamais sa maison dans un état aussi négligé. Amara sortit du corral pour chercher des indices. Linge bouilli dans une marmite accrochée à l'âtre. Le feu s'était réduit en braises.

Au bout de près de dix minutes, Tachi est arrivé à la maison. Son visage strié de fumée noire. "Qu'est-il arrivé?" a demandé Amara.

"Quelqu'un a mis le feu au verger !" s'exclama Tachi.

« Qui ferait une chose pareille ? a demandé Amara.

"Seulement quelqu'un avec le sang du mal qui coule dans ses veines", a répondu Tachi.

"J'ai quelque chose à te dire. Cela a peut-être quelque chose à voir avec le feu », a commencé Amara.

"Qu'est-ce que c'est?"

« Je sais où est Amara. Elle me l'a dit dans une vision.

"Où est-elle?" demanda Tachi.

« Elle est détenue dans un endroit appelé la grotte du diable près de Mazatlán. Sais-tu où est-ce que c'est?

Tachi hocha la tête.

« Elle est apparue faible et fragile. Il était évident qu'elle n'avait pas mangé depuis un certain temps », a poursuivi Amara.

"Nous enverrons de l'aide immédiatement!" Tachi l'a

assurée. « Merci, Amara. »

"Ma mère m'a surpris en train de revenir hier soir. Elle a exigé de savoir ce qui se passait, mais je ne savais pas si je devais lui révéler quoi que ce soit, alors je n'ai rien dit. Je dois retourner de l'autre côté avant qu'elle ne remarque mon absence. Je reviendrai plus tard ce soir.

« Amara, tu dois prendre d'extrêmes précautions. Daemon est déterminé à arrêter l'unification des âmes sœurs. Il est très dangereux », l'a prévenue Tachi.

Chapitre dix-huit

Amara est retournée de l'autre côté juste au moment où Marta l'a appelée pour le petit-déjeuner. « Soyez là dans une minute », répondit-elle.

Elle pouvait à peine attendre qu'Izzy arrive. Il y avait tellement de choses qu'elle voulait lui dire, mais le sujet principal était ses noces à venir avec un fiancé qu'elle n'avait rencontré que par SMS.

"Maman, j'ai invité Izzy à venir me rendre visite. J'espère que ça va pour vous. Son vol arrive ce soir. Amara a plaidé.

« Qui viendra la chercher à l'aéroport ? a demandé Marta.

"Elle a un cousin qui vit à Puerto Vallarta", a expliqué Amara. "Il va l'amener ici."

Marta hocha la tête. Elle aimait Izzy comme sa propre fille. La jeune fille avait passé de nombreux week-ends avec leur famille pendant que ses parents travaillaient de longues heures dans leur restaurant.

La famille s'est réunie autour de la table pendant que le petit déjeuner était servi. Maman Erlina était d'humeur bavarde. Roberto ouvrit une enveloppe kraft posée à côté de lui.

"Maman, c'est pour toi." C'était une libération de privilège de leurs créanciers. Les dettes garanties par la maison et les vergers ont été entièrement payées.

Maman Erlina s'est levée de son siège et s'est approchée pour embrasser son fils. "Merci, mon fils," lui dit-elle, sa voix à peine capable de contenir le bonheur qu'elle ressentait.

« Ne me remerciez pas, le crédit appartient à Amara. Sans elle, rien de tout cela n'aurait été possible », a répondu Roberto. Il a levé son verre pour proposer un toast, les autres ont emboîté le pas. "A Amara, que Dieu continue de la bénir."

« Allons à Tepic pour fêter… ma gâterie », a déclaré Marta. « Où voudrais-tu dîner, maman ?

"Ils ont le meilleur carne asada dans un endroit appelé le centre-ville de Las Asada", a proposé Mama Erlina.

"Alors c'est là que nous irons !" Marta a déclaré.

Ils ont parlé pendant près d'une heure, se remémorant le passé. Marta était ravie d'être à nouveau à la maison. Même si elle s'inquiétait pour Israël dans l'Oregon, elle était convaincue que tout irait bien à la fin. Elle envisagea de le faire rejoindre au Mexique. L'or qu'Amara avait trouvé valait des millions. Ils n'auraient pas besoin de travailler un jour de plus dans leur vie. De plus, ses parents vivaient également à Jalco, non loin de Mama Erlina.

Amara débarrassa la vaisselle de la table et la ramena pour la laver. Bien que sa grand-mère ait un évier de cuisine, elle se sentait plus proche de la tradition en les lavant dans l'évier en pierre à l'arrière. Elle a décidé d'explorer davantage Jalco avant le voyage de la famille à Tepic. Elle voulait essayer le pain sucré de la boulangerie locale. Selon Marta, ils fabriquaient le meilleur pain sucré du monde.

« Maman, veux-tu venir avec moi à la boulangerie ? » a demandé Amara.

« N'avez-vous pas entendu le motard biper quand il est passé tout à l'heure ?

« Je ne savais pas qu'il vendait du pain sucré », a-t-elle répondu.

« Au moment où je suis sortie, il était déjà dans la rue », l'informa Marta. "Je suis prêt si vous l'êtes." Elle a dit à maman Erlina qu'ils partaient et lui a demandé si elle voulait quelque chose de la ville.

"Pouvez-vous m'apporter un tejuino?" a demandé maman Erlina.

"Avec plaisir", a répondu Marta et l'a légèrement embrassée sur la joue.

Amara était heureuse de passer du temps seule avec sa mère. Tant de choses s'étaient passées dans le court laps de temps qu'ils avaient été là avec peu de temps pour une véritable discussion. Le soleil était sorti juste assez pour réchauffer l'air. C'était une belle journée. Amara a absorbé avec impatience chaque rayon de soleil qui lui était offert.

"Alors, ça te plaît d'être de retour ?" a demandé Amara.

"Honnêtement? Je l'aime. Je pensais demander à ton père de se joindre à nous. Vous irez bientôt en Californie, il n'y a donc aucune raison pour qu'il y soit plus longtemps.

Amara réfléchit aux mots de sa mère. Pourquoi devraient-ils rester séparés ? Ils avaient beaucoup d'argent pour subvenir à leurs besoins sans qu'Israël ait besoin de continuer à travailler dans l'Oregon. Ils pourraient acheter une maison en ville et créer une entreprise.

Marta a salué tous ceux qui passaient. La chaleur et la convivialité des habitants ont rendu la ville encore plus accueillante. Le jardin d'enfants au pied de la colline bourdonnait d'excitation alors que les enfants faisaient la queue pour participer à un défilé. Ils étaient vêtus de vêtements traditionnels et secouaient des maracas à l'unisson. Elle a sorti son téléphone pour immortaliser l'instant.

« Nous sommes arrivés à temps pour assister au défilé »,

lui dit Marta avec enthousiasme.

« Tu t'habillais comme ça pour les parades quand tu étais jeune, maman ? a demandé Amara.

"J'ai fait. Votre grand-mère les a probablement encore cachés dans son coffre en cèdre.

Ils ont continué à marcher dans la rue puis ont tourné à gauche lorsqu'ils ont atteint la rue principale. La boulangerie était encore à quelques pâtés de maisons sur le côté gauche de la rue. Une jeune fille aidait sa mère à s'occuper des clients.

"Que désirez-vous?" la jeune fille lui a demandé.

"Cinq conques, s'il vous plaît," répondit Marta. « Comment t'appelles-tu, ma fille ? »

"Je m'appelle Aimar", répondit la fille d'un ton neutre, en mettant sa frange derrière son oreille.

"Quel beau nom pour une belle petite fille", lui a dit Amara.

"Merci," rougit-elle.

Deux jeunes filles, vraisemblablement les sœurs d'Aimar, étaient assises sur une couverture devant la boulangerie et jouaient avec des poupées. Ils se sont levés pour serrer dans leurs bras une femme qui s'est approchée avec deux petites filles en remorque. "Grand-mère! Cousine!" Les filles poussèrent un cri de joie en voyant leur grand-mère.

Aimar leur tendit leur sac de friandises et rejoignit sa grand-mère et les filles à l'extérieur. "Voici mon abuela Maria, ma sœur Afrika, mon autre sœur America, ma cousine Carolina et sa sœur Camila", leur a dit Aimar d'un ton neutre.

« Maria ! » s'exclama Marta. "Vous souvenez-vous de moi?"

"Tu m'as l'air familier," répondit Maria.

"Je suis ta cousine Marta, la fille d'Erlina."

"Marta ! Bien sûr, je me souviens de toi. Ça fait longtemps, comment vas-tu ?" a demandé Marie.

« Je suis content d'être à la maison. Ma mère va beaucoup mieux, grâce à Dieu. Marta lui a dit.

Le défilé qui approchait rendait presque impossible de poursuivre leur conversation sans avoir à crier. Aimar a sorti des chaises pliantes de la boulangerie et leur a offert un siège. Marta était ravie de voir la participation enthousiaste des écoliers locaux au défilé. Chaque enfant a bien répété ses parties individuelles et les a jouées de tout son cœur.

Une fois le défilé passé, ils se sont dit au revoir et sont retournés chez Mama Erlina pour préparer leur voyage à Tepic. Marta a souligné les maisons d'amis et de membres de la famille en cours de route.

« N'y a-t-il pas un autre moyen d'aller chez Abuela ? Amara a demandé à sa mère.

"Je ne sais pas si c'est toujours là, mais il y avait un escalier qui menait au sommet de la montagne."

Marta les a guidés dans les rues à la recherche du raccourci. Amara le reconnut immédiatement. C'était le même que Porfirio avait utilisé lorsqu'il l'avait raccompagnée à la maison après la fête. Peu de choses avaient changé depuis la dernière fois qu'elle l'avait utilisé il y a deux cents ans.

Chapitre dix-neuf

Quand ils revinrent de la boulangerie, Roberto nettoyait son camion. Il a plaisanté sur le fait de la rendre jolie pour le voyage à Tepic. Maman Erlina, vêtue de son habit du dimanche, attendait dans le hall presque étourdie à l'idée d'aller en ville sans que l'hôpital soit la destination.

Elle a réfléchi à la façon dont l'arrivée de sa petite-fille avait sauvé sa vie et sa maison. Elle se demanda ce qu'Amara savait. De toute évidence, elle était partie de l'autre côté. Les visites quasi nocturnes des Sombra l'avaient prouvé. Daemon, sachant que son règne de terreur pourrait bientôt prendre fin, ne reculerait devant rien pour assurer son lien de sang avec l'élu. Ne voulant pas gâcher leur sortie avec des pensées négatives, Mama Erlina les a temporairement repoussées au fond de son esprit.

Roberto est passé devant le verger familial avant de se diriger vers Tepic. Marta a été surprise de la taille des arbres depuis sa dernière visite. L'amour de Roberto pour la terre de sa famille était évident. Il leur a parlé des différents types d'arbres qu'ils avaient et quand les récolter. Était-ce le même verger qui brûlait de l'autre côté ?

"Oncle, as-tu dit à Catarina de nous rejoindre au restaurant?" a demandé Amara.

« Elle nous attendra probablement quand nous serons là-bas », a-t-il dit en riant.

Amara a sorti son téléphone et a envoyé un message rapide à Catarina avant de perdre le signal. Elle voulait s'assurer de les rencontrer au restaurant. Elle avait tellement de questions sur Porfirio et son cousin était son meilleur pari pour trouver les réponses.

Elle pensa à Tachi et Manuel. Avaient-ils déjà trouvé Amara ? Ont-ils pu sauver l'un des arbres du verger ?

Comme son oncle l'avait prédit, Catarina les attendait au restaurant. Elle a sauté pour donner des câlins obligatoires et des bisous aériens quand ils sont arrivés. Une fois que tout le monde était installé à Amara, elle prenait sa cousine à part pour s'enquérir de Porfirio.

Le serveur s'approcha de la table pour prendre sa commande. Les cousins étaient tellement absorbés par leur conversation qu'ils ne l'avaient pas remarqué. « Mademoiselle, que puis-je vous apporter à boire ? il a dirigé à Amara.

« Rio ! Je ne savais pas que tu travaillais ici, coupa Catarina.

"Depuis environ deux ans, où étais-tu?" taquina-t-il.

C'était lui! Porfirio 2.0 dans la chair. Amara pouvait sentir son rythme cardiaque augmenter. Des papillons nerveux remplissaient le creux de son estomac. Il était le portrait craché de l'autre Porfirio sans les cheveux longs.

« Vous devez être l'infâme Amara de l'Oregon. Qu'aimeriez-vous boire, belle dame ? Il a demandé.

"Attendez! Alors, comment vous connaissez-vous tous les deux ?" demanda Catarina.

"Tu n'aimerais pas savoir ?" répondit-il en faisant un clin d'œil à Amara.

"Nous sommes allés dans différentes écoles ensemble", a joué Amara.

"Ce qu'elle a dit."

"Je vais prendre un Coca Light, s'il vous plaît," demanda

Amara.

"Je reviens tout de suite." Porfirio a répondu

"Ok, qu'est-ce qui se passe ?" demanda Catarina. « Comment vous connaissez-vous ? »

"C'est mon futur mari", a déclaré Amara en plaisantant à moitié. Elle avait littéralement moins de deux semaines pour épouser l'homme qu'elle a rencontré il y a cinq minutes pour sauver le monde. Même si cela semblait un peu tiré par les cheveux, ses voyages quotidiens deux cents ans dans le passé l'étaient aussi.

"Je suis sûr qu'il l'est, mais comment vous êtes-vous rencontré?" Catarina a insisté.

"Facebook."

"Intéressant."

Porfirio revint avec leurs boissons et prit leur commande. Une fois qu'ils eurent fini leur repas et se préparèrent à partir, il prit Amara à part.

"Que fais-tu samedi?" Porfirio offert.

"Je ne suis pas encore sûr. Envoie moi un message."

Ils firent leurs adieux à Catarina et embarquèrent dans le camion de Roberto pour le voyage de vingt milles jusqu'à Jalco. Roberto a montré le champ de foire pendant qu'ils passaient. « La foire commence en mars », leur a-t-il dit.

"Je n'ai pas été à la Feria Nayarit depuis des années", a répondu Marta. "J'ai hâte d'emmener Mama Erlina cette année. Amara, tu devrais descendre et venir avec nous.

"J'adorerais y aller. Catarina m'a parlé des concerts. Espérons qu'il aura lieu pendant les vacances de printemps.

Maman Erlina rayonnait à l'idée de faire des projets futurs avec sa fille. Elle espérait et priait pour que sa santé leur permette de partir. Cela semblait un destin trop cruel de voir enfin votre souhait exaucé et de mourir avant qu'elle ne puisse vraiment en profiter.

Chapitre vingt

Dès leur arrivée chez sa grand-mère, Amara partit de l'autre côté à la recherche de Tachi et Manuel. Tachi était agenouillé en prière près de l'entrée de la grotte. Elle se retourna brusquement comme si elle sentait la présence d'Amara.

"Amara, merci d'être venue." Tachi a dit

« Je voulais vérifier que vous alliez bien. Que s'est-il passé avec le feu ? demanda curieusement Amara.

"Les ouvriers ont creusé une tranchée pour essayer de contenir la propagation", a répondu Tachi.

« Et don Manuel ?

"Il est allé nous ramener Amara à la maison." Le ton de Tachi a révélé ses craintes quant à ce qui pourrait arriver lors du sauvetage de sa fille. Elle savait que Daemon ne la laisserait jamais partir sans se battre. Les ancêtres seraient là en esprit, mais cela suffirait-il à les protéger ?

Tachi fit signe à Amara de la suivre dans la grotte. En passant par la cascade, ils retournèrent vers les ancêtres. Elle sortit une boîte sculptée en onyx noir de son sac et la plaça sur l'autel, puis attrapa la main d'Amara.

« Ancêtres bien-aimés, écoutez mon cri. Donne-moi la

sagesse. Donne-moi des yeux d'aigle, des oreilles de chauve-souris et la force d'un lion. " Tachi a appelé les ancêtres.

Amara a répété le mantra puis a tenu la boîte et l'a répétée. La boîte commença à bouger entre leurs mains, une lumière blanche émise sous le fermoir. Une fois terminé, Tachi sortit de la grotte avec Amara derrière elle.

Amara pouvait se sentir devenir mentalement et physiquement plus forte chaque jour alors qu'elle approchait de sa dix-huitième année. Les ancêtres lui parlaient inconsciemment dans leur langue maternelle. Elle commençait à le comprendre.

Tachi sortit la boîte de sa poche et en sortit l'objet qu'elle contenait. Elle le porta à son œil et regarda à l'intérieur, puis le tendit à Amara. Il avait la forme cylindrique d'une jumelle avec ce qui semblait être un œil d'aigle en verre à l'extrémité opposée.

À l'intérieur, elle vit don Manuel et un groupe d'hommes à cheval galopant à travers les bois. Des feuilles mortes et des brindilles craquaient sous le poids des chevaux. Le soleil avait commencé sa descente à l'horizon. Elle rendit les jumelles à Tachi.

« Godspeed », dit Tachi en le levant vers le ciel.

Qu'est-ce que c'était que ce truc ? Un drone du 19ème siècle ? C'était animé; possédé. Une partie d'elle se sentait complètement à l'aise avec tout ce qui se passait, une autre partie ressentait une terreur absolue.

Quand elle ferma les yeux, elle put voir Amara Rivera assise sur le sol en terre battue d'une grotte humide et putride tenant un chapelet. Ses vêtements étaient couverts de saleté et de sueur. Amara pouvait sentir la peur de son ancêtre. Elle a prié pour qu'ils la sauvent à temps pour épouser Porfirio et briser la malédiction une fois pour toutes.

"J'ai rencontré l'âme sœur de mon temps", a déclaré Amara sans ambages.

"C'est une bonne nouvelle", a répondu Tachi.

« Est-ce qu'il sait… tout ça ?

"Non. Seule la femme réincarnée possède la vérité. Il a plus d'amour pour vous que pour sa propre vie, mais il ne sait pas pourquoi.

Les explications de Tachi lui laissaient généralement plus de questions que de réponses. Il se passait tellement plus que ce qu'on lui avait dit. Comment pourrait-elle même commencer à dire à sa famille qu'elle allait épouser leur serveur qu'elle connaissait depuis cinq minutes, y compris lorsqu'il avait pris leur commande ?

"Je dois retourner. Un de mes amis vient des États-Unis ; elle arrivera bientôt. Puis-je l'amener ici ?

« Tu lui fais confiance ? » a demandé Tachi.

"Avec ma vie."

« Alors vous pouvez essayer. Je ne sais si les ancêtres lui permettront d'entrer.

Elle serra Tachi dans ses bras et l'embrassa sur la joue, puis retourna de l'autre côté pour attendre Izzy. Tout semblait incroyable. Elle pouvait à peine contenir son excitation d'avoir Izzy la rejoindre au Mexique.

En bas, Amara trouva Marta, Mama Erlina et Roberto jouant à la loterie dans la salle à manger. « Y a-t-il de la place pour un autre ? »

"Bien sûr que oui," dit Roberto en désignant le siège vide à côté de lui à la table.

"Alors, qui gagne ?" a demandé Amara.

"Votre abuela a gagné trois matchs de suite !" s'exclama Marta.

"J'ai mes porte-bonheur avec moi", rayonnait maman Erlina.

Une heure plus tard, on frappa à la porte. Izy ! Amara a pratiquement couru pour l'ouvrir, ce qui a fait rire sa famille.

« Ralentissez, ma fille. Elle ne va nulle part », a déclaré Roberto, provoquant un autre rire de Marta et Mama Erlina.

« Amara ! »

« Izy ! »

« Oh mon Dieu, je suis si heureuse d'être ici ! Tu m'as tellement manqué."

"Droit?!? Tu m'as manqué aussi Izz. Où sont tes sacs?"

"Mon cousin les apporte", a répondu Izzy. "C'est un mignon, je vais te présenter."

Amara a conduit Izzy dans la salle à manger pour saluer sa famille. "Maman Erlina, oncle Roberto, et bien sûr tu connais ma mère."

"C'est un plaisir de tous vous rencontrer", a déclaré Izzy en serrant leurs mains tendues.

"Isabel", a appelé une voix depuis la porte.

"Entrez," répondit Amara.

Isabel alla recevoir sa cousine qui se tenait dans l'embrasure de la porte avec ses bagages. « Amara, viens ici, s'il te plaît. Je veux que tu rencontres mon cousin.

Porfirio se tenait juste à l'intérieur de l'embrasure de la porte quand Amara entra dans la pièce. Il posa les sacs d'Izzy et se retourna. "C'est toi!" Il parla le premier en brisant le silence.

"Que fais-tu ici?" demanda Amara.

"Je dépose ma cousine Isabel pour rendre visite à son amie, je n'aurais jamais imaginé que c'était toi."

"Attendez. Vous vous connaissez tous les deux ? Izzy a demandé clairement confus.

« Nous nous sommes rencontrés », dit Amara d'un air

penaud. *Nous nous marions bientôt* , voulait-elle dire, mais gardait cela pour elle.

Porfirio sourit et baissa la tête.

"Petit monde", a répondu Izzy en donnant à Amara le regard "tu ferais mieux de tout me dire plus tard".

"C'est tout. Dans d'autres nouvelles, ils ont la meilleure glace que j'ai jamais goûtée à la paleteria près de la place », a déclaré Amara à personne en particulier.

« Je suis à terre ! » Izy a répondu « Rio, peux-tu nous conduire ? »

« Bien sûr, cousine. Votre char vous attend.

Ils s'entassèrent dans la voiture et se dirigèrent vers le magasin de crème glacée. Izzy a parcouru avec impatience l'étalage de gâteaux tres leche dans le réfrigérateur, puis a fait sa sélection d'une barre de crème glacée recouverte de noix de pécan et d'horchata à boire.

"Oh mon Dieu, c'est la meilleure glace que j'aie jamais goûtée !" déclara Izzy.

"Je vous ai dit que la glace ici était la bombe", a répondu Amara.

Porfirio attendait devant la porte. La place était pleine de vie alors que les gens se pressaient autour des différents vendeurs de nourriture tout en profitant de la musique diffusée par des haut-parleurs surdimensionnés devant le magasin. Un groupe d'adolescents lorgnait depuis un banc voisin.

"Nous aurions dû manger d'abord", a déclaré Izzy à personne en particulier.

"Nous le pouvons toujours", a proposé Amara.

"Faites votre choix. Il y a des hamburgers et des hot-dogs devant le magasin, des tacos à côté et des burritos au restaurant d'en face », a ajouté Porfirio.

« *Burrito Favorito* , ça a l'air délicieux. Izzy a donné son avis.

"Ils vendent des Chimichangas là-bas aussi", a répondu Amara.

« Je vais juste prendre quelques tacos. Quelqu'un d'autre?" Izzy a décidé.

Amara et Rio suivirent Izzy jusqu'au stand de tacos et s'assirent à table. "Alors, est-ce qu'on est toujours partants pour samedi ?"

"Bien sûr, pourquoi pas? Qu'avais tu en tête?"

« Que diriez-vous d'une journée à la plage ?

"J'aimerais ça," répondit Amara les yeux étoilés.

"Que désirez-vous?" Izzy se moqua en les rejoignant à table.

"Votre cousin nous invitait à la plage samedi", Amara a retrouvé son calme.

"Bon sang ouais," répondit Izzy.

Après qu'Izzy eut fini ses tacos, il les ramena chez Mama Erlina. Alors que Porfirio les raccompagnait à la porte, il attrapa la main d'Amara et l'embrassa.

"A samedi hermosa."

Amara rougit au compliment. "On se voit samedi."

Chapitre vingt et un

"Qu'est-ce que c'était tout ça?" demanda Izzy lorsqu'ils entrèrent dans la chambre.

« De quoi s'agissait - il ? Amara a feint l'innocence.

"Toi et Rio. Dis moi tout!"

«Eh bien, il m'a envoyé une demande d'ami, que j'ai acceptée, puis il a été notre serveur au déjeuner cet après-midi. Il connaît ma cousine Catarina. Ils ont des cours ensemble à l'université.

"Intéressant."

« En effet, mais pourquoi n'ai-je jamais entendu parler de lui auparavant ? Tu n'es même pas ami avec lui sur Facebook.

« Nous discutons sur WhatsApp. Vous *avez* entendu parler de lui au moins un million de fois. Ma tante Rita est sa mère », a déclaré Izzy d'un ton neutre.

"Vous avez mentionné votre cousin Rio, mais pas Porfirio."

"Bonjour , c'est la même chose."

« Alors c'est réglé. J'ai tellement de choses à te dire. Le Mexique est l'endroit le plus cool du monde !

« Euh ! Dites-moi quelque chose que je ne sais pas », a répondu Izzy.

« Jetez-y un œil », demanda Amara en glissant son

téléphone dans la main d'Izzy.

Les yeux d'Izzy s'écarquillèrent alors qu'elle parcourait la galerie de photos.

"Agréable. Tu *dois* m'emmener à la grotte. Est-ce loin?"

"Pas trop loin", taquina Amara.

"Qu'est-ce que c'est, un musée d'histoire vivant?" Izzy a demandé en faisant référence aux photos qu'Amara avait prises de l'autre côté.

"On pourrait appeler ça comme ça."

« Pourquoi êtes-vous si vague et mystérieux ? »

« Tu ne me croirais pas si je te le disais », Amara prudemment.

"Essayez-moi", a osé Izzy.

« Et si je te montrais ? Amara se dirigea vers l'armoire et la repoussa.

« Vous refaites la décoration ? Izzy éclata de rire.

Amara plaça ses mains en position sur le mur. Quand il a commencé à s'ouvrir, elle a appelé Izzy et lui a pris la main alors qu'elle passait de l'autre côté. Une fois le seuil franchi, le mur se referma derrière eux.

"Qu'est-ce qui vient juste de se passer?" demanda nerveusement Izzy. "Où sommes-nous?"

" *Quand sommes-nous* est une question plus appropriée." Amara a répondu

« Est-ce le passage secret dont vous m'avez parlé ? »

"En effet, ça l'est. Suivez-moi."

Amara ouvrit la porte et jeta un coup d'œil dans le couloir. Ne sachant pas à quoi s'attendre en raison de ce qui se passait avec les Riveras, elle a procédé avec prudence. Elle regarda Izzy, plaça son index sur ses lèvres et se tut silencieusement.

Après avoir décidé que la voie était dégagée, ils descendirent les escaliers sur la pointe des pieds. Tachi était assis sur le canapé du salon en train de tricoter ce qui semblait être un châle.

"Bonsoir Doña Tachi."

Tachi leva les yeux de son tricot. Une expression de confusion traversa son visage. "Bienvenue. Isabelle, quand es- *tu* arrivée ?

"J'ai pris l'avion cet après-midi."

La réponse d'Izzy a doublé la confusion de Tachi. Amara étouffa un rire. Elle avait complètement oublié qu'Izzy était le sosie de la meilleure amie d'Amara Rivera, Isabel.

"Voici Izzy, mon meilleur ami de l'Oregon", a tenté Amara. Elle est venue nous rendre visite avant les festivités.

« Puis-je montrer la cascade à Izzy ? » a demandé Amara.

Tachi hocha la tête.

« Cet endroit est incroyable ! On dirait qu'il n'a pas été mis à jour depuis les années 1800. » Izzy s'émerveilla tandis qu'ils se dirigeaient vers l'arrière de la maison.

« Vous n'en avez pas vu la moitié.

 Les flammes émises par des torches de chaque côté de l'entrée de la grotte projetaient une ombre inquiétante sur le corral. Izzy haleta, tournant la tête comme une touriste à Times Square en admiration devant le paysage devant elle. Amara a imaginé qu'elle avait un regard similaire sur son visage la première fois qu'elle l'a vu.

« Par ici », ordonna Amara.

Izzy a suivi sa meilleure amie dans la grotte. Amara vira instinctivement à gauche, suivant le chemin menant à la cascade. Ils descendirent les escaliers jusqu'au sable rose.

"Vous vous moquez de moi! Est-ce que cet endroit est

réel ? » demanda Izzy avec incrédulité.

"Je suis tombé amoureux quand je l'ai vu aussi."

« Je vais faire une vidéo. Est-ce que mes cheveux vont bien ?"

"Tu es fabuleuse", lui assura Amara.

"Merci chérie, tu n'es pas trop minable toi-même." Izzy a répondu puis a commencé à prendre des instantanés.

Une fois satisfaite d'avoir pris suffisamment de photos, Izzy posa son téléphone et rejoignit Amara dans l'eau. Elle n'avait jamais rien vécu d'aussi cool que cela lors de ses nombreux voyages au Mexique.

"Merci de m'avoir invité."

"Merci d'être venu. Cet endroit est trop incroyable pour ne pas le partager avec ma meilleure amie.

« Au fait, qui était cette femme à l'intérieur ?

« Un parent éloigné », répondit sèchement Amara.

Izzy pouvait dire qu'il y avait plus que ce qu'Amara révélait, mais n'insista pas.

"Il se fait tard. Nous devrions rentrer.

"Je me sens tellement détendu que je pourrais m'endormir ici", a bâillé Izzy.

Pas si vous saviez ce qu'il y avait de l'autre côté de cette cascade, pensa Amara, mais elle retint sa langue. Elle aussi aurait été terrifiée, mais c'était avant… Maintenant, elle chevauchait la ligne entre l'humain et l'ancienne déesse. Voir des choses qu'il ne faut pas voir et entendre ce qu'il ne faut pas entendre. Izzy ne la croirait pas même si elle essayait. Un esprit rationnel trouverait cela impossible.

Quand ils revinrent de l'autre côté, Izzy s'endormit directement. Amara allait et venait, son esprit trop occupé pour dormir. La connexion télépathique qu'elle partageait avec son jumeau ancestral battait son plein, augmentant en fréquence à mesure que leur anniversaire approchait. Tachi a averti que cela pourrait arriver.

Elle a eu une vision d'Amara Rivera assise sur un sol dur et poussiéreux se frottant la cheville après l'avoir tordue lors d'une autre tentative d'évasion. Personne n'était là depuis au moins deux tombées de la nuit, ou peut-être plus. Qui savait combien de temps elle avait dormi ? Elle s'est cogné la tête terriblement fort à la chute.

"L'aide arrivera bientôt." murmura Amara à son homologue. Sa tête battait comme si elle avait été blessée elle-même. La connexion avec l'autre Amara se renforçait de minute en minute. Elle attrapa la bouteille de mélatonine sur la table de chevet et en avala deux. Si son esprit ne se fermait pas tout seul, elle le fermerait elle-même.

Elle a dit une prière silencieuse pour la protection de Dieu sur le sauvetage d'Amara. Si elle revenait épouser l'âme sœur, la malédiction devrait être brisée. Qu'est-ce que cela signifierait pour son propre destin ? Devrait-elle encore épouser Rio ? Peut-être qu'elle le voulait. Non! *Je ne le connais même pas. A quoi ressemble mon mariage avec un mec étrange et beau à couper le souffle que je connais à peine ?* Elle s'est disputée en s'endormant.

Chapitre vingt-deux

Maman Erlina avait ses propres problèmes en bas. Les Sombras étaient de nouveau dans l'ombre et montaient la garde. La plupart des nuits, elle les ignorait. Cette nuit, Daemon a envoyé un message.

Soudain, elle fut submergée par un poids immense qui la retenait. Luttant pour respirer, elle tenta de crier, mais aucun son ne put s'échapper de ses lèvres. Les Sombras ont attaqué de toutes leurs forces pour étouffer sa voix et sa volonté de les combattre. Elle ne pouvait pas les voir mais sentit leur poids pousser ses membres contre le lit. En serrant les yeux, elle récita la prière du Seigneur dans sa tête. Elle leur a ordonné de partir au nom de Dieu, ce qui a finalement brisé leur emprise.

Le terme officiel était paralysie du sommeil, mais maman Erlina savait que la vérité était bien plus sinistre. Le mal pur provoqué par la quête de Daemon pour un lien de sang avec sa petite-fille en était la cause. Elle attrapa sa Bible sur la table de chevet, la serra contre elle et commença à prier. Marta dormait encore, maman Erlina priait aussi pour elle. Personne n'était à l'abri de l'emprise maléfique de Daemon.

La lumière du jour a atteint son apogée par la fenêtre, tirant Marta de son sommeil. "Bonjour, maman. Avez-vous bien dormi?"

"Je l'ai fait", a menti Mama Erlina pour ne pas l'effrayer.

"Dois-je faire des chilaquiles pour le petit-déjeuner?"

"J'aimerais ça."

"J'enverrai les filles acheter des chicharones." Marta s'est habillée pour la journée puis a appelé Amara à l'étage. "Mija, va à la carniceria et prends un sac de chicharones, s'il te plaît."

« Ok », a répondu Amara.

"Izzy, lève tes fesses paresseuses et viens avec moi."

Izzy s'étira et bâilla en essuyant le sommeil de ses yeux puis vérifia l'heure sur son téléphone. « Il est six heures et demie du matin, psychopathe »,

« Croyez-moi, ma mère est probablement réveillée depuis cinq heures. Nous avons de la chance qu'elle nous ait laissé dormir si tard », a rétorqué Amara.

« J'ai de la chance », sourit Izzy en se couvrant le visage avec l'oreiller.

Amara ouvrit les rideaux inondant la pièce de lumière. « Écoute, Izz, c'est une belle journée ensoleillée. Le monde appartient à ceux qui se lèvent tôt."

"Ouah ! Les vers sont dégoûtants », gémit Izzy. "Je me lève. Pourquoi es-tu si joyeux ce matin ?

« C'est toi qui as dit de considérer ça comme une aventure. Maintenant, mets-toi en ligne ou sois laissé pour compte !"

"Je vote pour laissé pour compte", a plaisanté Izzy.

Après presque quinze minutes, ils descendaient la colline en direction du marché de la viande. La ville était déjà en effervescence avec des enfants qui se rendaient à l'école et des parents qui se rendaient au travail. Un chœur de *bons matins* retentit des passants.

"Les gens sont super sympas ici", a déclaré Amara.

"Je peux le dire," répondit Izzy. "Tout le monde semble si gentil."

"Surtout votre beau cousin, Porfirio."

"D'où vient cela?"

"Nulle part."

« Tu as le béguin pour Rio ! » Izzy accusé.

"Non, je n'en ai pas!"

Izzy lui lança un regard incrédule. Amara éclata de rire. Elle n'avait pas le béguin, elle était follement amoureuse de lui. Il était parfait dans tous les sens du terme, mais elle ne pouvait pas le dire à Izzy. Du moins pas encore en tout cas.

"Est-ce que ça te plaît ici jusqu'à présent?" a demandé Amara.

"Qu'est-ce qu'il n'y a pas à aimer, à part que mon meilleur ami psychopathe me réveille à l'aube ?"

"Tu m'aimes", a rétorqué Amara.

"Coupable tel qu'inculpé."

Izzy trébucha sur un gros rocher, suscitant un barrage de jurons marmonnés. L'étroit chemin de terre était escarpé et jonché de pierres et de cailloux de toutes tailles et de toutes formes. Ils ont dû se disperser à l'extrême droite de la route pour éviter d'être renversés par une camionnette.

« Imaginez que vous deviez marcher tous les jours, qu'il pleuve ou qu'il fasse beau, pour vous rendre à l'école. Nous devrions commencer une collecte de fonds pour paver la route », a déclaré Izzy avec nostalgie.

Amara hocha la tête en signe d'accord. Aussi beau soit-il, elle ne pouvait s'empêcher d'être attristée par l'extrême pauvreté vécue par certains citadins. Elle a noté mentalement d'utiliser l'argent de l'or pour aider autant de personnes que possible, en commençant par paver la route.

Elle n'en a pas parlé à Izzy. Ce n'était pas qu'elle ne lui faisait pas confiance, mais certaines choses devaient rester en famille. Surtout la nouvelle de la découverte de millions de dollars d'or espagnol. Ses pensées allaient vers son père. Il n'y avait aucune raison pour qu'il reste seul dans l'Oregon. Il devrait être là avec sa famille. Qui se souciait si elle ne pouvait pas revenir en arrière ? Une fois qu'elle était partie à l'université, il n'y avait plus rien pour y rester de toute façon.

"On dirait que rien n'a changé depuis les années 1500", a déclaré Izzy alors qu'ils passaient devant un petit adobe avec des chaînes couvrant une porte en bois.

« C'est ce que j'aime à ce sujet. Certaines de ces maisons sont abandonnées depuis Dieu seul sait quand, mais personne ne les dérange. J'aimerais entrer à l'intérieur; explorez, prenez des photos », a répondu Amara.

"Oui! Moi aussi!" Izzy a accepté de tout cœur.

Ils tournèrent à gauche sur Calle Juarez puis continuèrent à marcher vers la boucherie. Au coin de la rue, un vendeur de Tejuino les a appelés pour essayer une tasse. Ils se sont approchés avec impatience et en ont demandé deux. Amara sortit vingt pesos de sa poche et les posa sur la table.

Pas encore sept heures du matin et la ville était déjà pleine de vie. Les taxis roulaient en klaxonnant, les femmes balayaient le sol devant leurs maisons de chaque côté de la rue tandis que d'autres s'occupaient des clients dans leurs stands de fortune. Une variété de vendeurs vendaient du pain aux bananes, des fruits secs et d'autres délices sur presque chaque bloc.

Le soleil brillait au-dessus de leurs têtes alors qu'ils se dirigeaient vers la boucherie. "Nous avons besoin d'un de ceux-là", a fait remarquer Izzy en désignant une femme portant un parapluie pour la protéger du soleil.

"Non, merci. J'aime mon plein contact ensoleillé.

Ils se promenèrent dans la carniceria et passèrent leur commande d'une livre de chicharones. Leurs estomacs grondaient à l'odeur qui remplissait la boutique. Un groupe de jeunes filles entra derrière elles en bavardant. Amara a reconnu l'un d'eux comme un ami de sa cousine Catarina qu'elle a rencontrée l'autre soir.

« Salut », fit la fille.

« Salut », a répondu Amara. "C'est une amie de ma cousine Catarina."

À l'extérieur, un gars à moto a failli percuter la voiture devant lui à force de regarder si fort. Il fit rapidement demi-tour et se gara quelques pas devant l'endroit où ils marchaient.

"Salut, bonjour", a dit le gars sur le vélo.

"Est-ce-que tu le connais?"

"Je pense que c'est le gars avec qui j'ai dansé l'autre soir," répondit Amara.

"Dis quelque chose," murmura Izzy.

"Bonjour. Mario ? » demanda Amara sans grande confiance.

"Tu t'en es souvenu."

"J'ai fait. Vous êtes en route pour le travail ? »

Il acquiesca.

"C'était agréable de vous revoir, passez une bonne journée au travail," dit-elle en agitant maladroitement.

Mario remonta sur son vélo, ils continuèrent à marcher. "Oh mon Dieu! Ce Mario est magnifique ! Izzy a exagéré la belle.

"Il va bien," répondit timidement Amara. Elle le trouvait attirant, qui ne le trouverait pas ? Ses biceps ciselés fléchissaient à la perfection alors qu'il agrippait le guidon de sa moto Italika noire et rouge.

"Je pense qu'il est un grand verre de lait avec un beignet bien chaud," dit Izzy les yeux étoilés.

"Tu es une boule de maïs", a ri Amara.

"Moi?" Izzy feignit l'indignation puis éclata de rire.

« Pourquoi ne l'invites-tu pas à la plage avec nous demain ? »

« Ça ne te dérangerait pas ? »

"Pourquoi aurais-je? Nous avons dansé pendant trois minutes et nous ne nous sommes même pas embrassés. Il est tout à toi.

"Alors peut-être que je le ferai."

Chapitre vingt-trois

Marta venait de finir de préparer le petit-déjeuner lorsqu'ils revinrent. "Mija, mets la table", a-t-elle dit à Amara.

« À votre service », répondit Amara en tendant le sac de chicharones à Marta qui ne put s'empêcher d'en glisser un morceau de la taille d'une bouchée dans sa bouche.

À la demande de Marta, Izzy a supervisé l'acheminement du café et du jus jusqu'à la table. Elle se versa d'abord une tasse de café et la mit de côté pour qu'elle refroidisse, puis commença à remplir une tasse de chacun pour les autres.

"Quelque chose sent bon", a déclaré Mama Erlina en prenant place à la tête de la table.

"Maman, j'ai fait ton préféré ; chilaquiles con pollo », l'informa Marta.

Cela amena un sourire sur le visage de la vieille femme. Maman Erlina adorait se faire chouchouter par sa fille unique. Elle voulait aussi faire quelque chose de spécial pour elle. Marta n'avait aucune idée de la surprise qu'elle réservait. Roberto était déjà en route pour Puerto Vallarta ; ils devraient être de retour pour le dîner.

Ce que Mama Erlina n'a pas dit à Marta, c'est qu'Israel a appelé pendant qu'elle était à la panaderia l'autre jour. Il a fait tous les plans et a juré à sa belle-mère de garder le secret. Elle n'avait qu'à faire sortir Marta de la maison pendant un petit moment pour tout mettre en place.

"Où est-ce que mon oncle s'est enfui si tôt ?" a demandé Amara.

« Il est allé vérifier la récolte de café », a menti maman Erlina. Ce n'était qu'un demi-mensonge, se dit-elle. Il est passé par là en se rendant à l'aéroport.

"Est-ce que cela vient de votre pays?" Izzy leva sa tasse.

Maman Erlina hocha la tête. « Mon arrière, arrière-grand-père a planté ces arbres en 1811. Après qu'un incendie a brûlé la majeure partie du verger, il a planté des caféiers pour les remplacer. Le secret est le sol volcanique où il pousse. Il l'a nommé *Café El Tio Raymundo en l'honneur* de son père.

"C'est littéralement le meilleur café que j'ai jamais goûté", a répondu Izzy. Elle le pensait. Le café supposé authentique que ses parents servaient au restaurant ne pouvait rivaliser avec le paradis liquide qu'elle buvait. Saveur robuste et arrière-goût de noisette, elle a rempli sa tasse avec impatience.

Ils se sont accrochés à chaque mot de Mama Erlina alors qu'elle les régalait d'anecdotes du passé. Ses histoires prenaient vie dans leur esprit pendant qu'elle parlait. Quand tout le monde a fini de manger, Izzy aide à débarrasser la table pendant qu'Amara fait la vaisselle. "Alors, qu'est-ce qu'il y a au programme aujourd'hui ?" demanda Izzy.

« Voulez-vous vivre une véritable aventure ? taquina Amara en essayant de paraître mystérieuse.

"Qu'avais tu en tête?"

Je veux me déguiser et traîner en 1810 , c'est ce qu'elle voulait dire, mais elle a opté pour une réponse plus appropriée. "Avez-vous déjà voulu aller dans le passé et simplement vous promener?"

"Tout le monde n'est-ce pas?"

"Tout le monde *ne peut pas* ..." Amara répondit timidement en faisant allusion à quelque chose qu'elle n'était pas tout à fait prête à mettre en mots pour l'instant.

"Vu que le voyage dans le temps n'a pas encore été inventé, *nous* non plus," dit sèchement Izzy.

Il n'était pas facile de prédire la réaction d'Izzy à quelque chose de cette ampleur. Il est clair que l'aventure d'hier soir, deux cents ans en arrière, l'avait perdue. Dois-je sortir tout de suite et le dire ou la laisser le découvrir par elle-même quand nous y arriverons ? se demanda Amara.

"Nous pourrions retourner de l'autre côté et regarder un peu plus si vous le souhaitez", a déclaré Amara.

« Je suis partant, allons-y. Ça avait l'air cool. Il doit y avoir une fortune en antiquités là-bas. Ce n'est pas étonnant qu'ils gardent le secret.

Lorsqu'ils arrivèrent de l'autre côté, Amara se dirigea directement vers l'armoire. « Tu veux jouer à l'habillage ? » demanda-t-elle en désignant l'armoire.

Les yeux d'Izzy s'agrandirent d'admiration en voyant le contenu de l'armoire. Amara a enlevé plusieurs robes et les a placées sur le lit pour qu'Izzy puisse mieux les examiner. Elle tenait un bleu flamboyant devant elle devant le miroir.

"J'appelle dibs sur celui-ci!" déclara Izzy.

"Comme vous voudrez."

Amara a choisi une jupe orange avec un chemisier en chanvre beige. S'ils allaient réussir une journée dans le passé sans trop attirer l'attention, ils devaient avoir l'air du rôle. Elle a rapidement coiffé leurs cheveux dans un style préféré par Isabel.

Tachi devrait être sortie de la maison pour faire ses rondes quotidiennes maintenant, espérait Amara. Elle n'était pas sûre que Tachi accepterait l'idée de les voir galoper dans les vêtements de sa fille. Ce serait sa dernière occasion de fouiller dans le passé avant le retour de la vraie Amara de cette époque.

"Suivez-moi", a déclaré Amara en ouvrant la voie vers le corral.

Izzy suivait derrière, naviguant prudemment dans les escaliers. "Ces vêtements sont un piège mortel", s'est-elle plainte.

"Regardez simplement où vous mettez les pieds, et ça devrait aller", a averti Amara.

Amara a continué dans la grotte en suivant le chemin vers l'escalier menant à la maison au bas de la colline. L'odeur familière du soufre chaud imprégnait l'air. La chaleur était presque insupportable. Izzy toussa au mépris de l'odeur offensante. Le fracas de la chute d'eau résonnait sur les murs et se répercutait dans leurs oreilles.

« Quand commence l'aventure ? Cela ressemble plus à un épisode de Survivor », a grincé Izzy.

« Regardez-vous, Miss Complaints. N'êtes-vous pas celui qui me donne toujours la leçon d'être plus aventureux ? » Amara a riposté.

Amara fit une pause pour un effet dramatique quand ils atteignirent le bas des marches. Clairement agitée, Izzy s'agitait. Croisant et décroisant ses bras en succession rapide. Peut-être qu'être dans un espace clos étroit l'atteignait, ou peut-être qu'elle était bourdonnée par le soufre, a conclu Amara.

"Ouvrez déjà la porte, je me sens pris au piège", a exhorté Izzy, repoussant une crise d'angoisse.

« Sérieusement, ça va Izz ? »

« J'irai bien dès que nous sortirons d'ici.

Amara a essayé la porte. Il était accroché de l'autre côté. Passant un stylo à travers l'espace ouvert, elle libéra le fermoir. La porte gémit en signe de protestation lorsqu'elle l'ouvrit. Des nuages de poussière dansaient dans des rayons de soleil brillant à travers les fissures des planches des fenêtres. Des tasses en terre cuite étaient posées sur la table dans le coin. Ce n'était pas là avant ! Elle nota mentalement de le mentionner à Tachi à leur retour.

"Est-ce que quelqu'un habite ici ?" demanda Izzy.

Amara jeta un coup d'œil au lit défait dans le coin. Quelqu'un y séjournait visiblement depuis peu, mais qui ? "Honnêtement, je n'en ai aucune idée, mais on dirait que quelqu'un est venu ici récemment", a-t-elle répondu franchement.

"Bon à savoir." Izzy répondit sarcastiquement. Elle scruta la pièce pendant que ses yeux s'ajustaient à la lumière. Des toiles d'araignées accentuaient les coins; une fine couche de poussière couvrait les murs. Un balai à l'ancienne appuyé contre le mur attira son attention. Son mât noueux était relié à un chaume de broussailles épaisses par un fil grossier enroulé autour de la base. Les amateurs d'Halloween feraient la queue au coin de la rue pour l'ajouter à leur collection.

"Es-tu prêt?" demanda Amara, s'arrêtant pour un effet dramatique.

"C'est reparti", aboya Izzy. "Ouvrez déjà la porte."

Chapitre vingt-quatre

Amara ouvrit la porte et jeta un coup d'œil dehors. Satisfaits que la voie soit dégagée, ils sortirent. Même s'il était encore tôt, le soleil du milieu de la matinée brillait déjà au-dessus de nos têtes. Izzy tendit le cou pour admirer les maisons en adobe bordant les deux côtés de la rue. Des volets en bois couvraient les fenêtres à la place du verre.

"Cet endroit est cool !" s'exclama Izzy. « Il a l'air authentique et bien préservé, comme la vieille ville de San Diego ou la première colonie de St. Augustine, en Floride. Pouvons-nous entrer et regarder autour des maisons ? Vendent-ils des souvenirs ?

"Hummm, non. On ne peut pas entrer, des gens y habitent. Des souvenirs… peut-être.

"Tu n'es pas drôle!" Izzy gémit.

"Je suis la quintessence du plaisir, attends juste," taquina Amara. Elle a complètement évité l'éléphant dans la pièce, préférant regarder pendant que sa meilleure amie le découvrait par elle-même. Essayer de l'expliquer ne ferait que la confondre davantage… ou lui faire peur.

Ils continuèrent à marcher vers la place. Cela sonnerait sûrement une cloche. La rue était plus animée à l'approche de la rue principale. Plusieurs hommes passèrent à cheval.

Un vieil homme marchant à côté d'un âne a incliné son sombrero au passage. "*Bonjour.*"

"Bonjour", ont-ils répondu à l'unisson.

"Il est adorable", a fait remarquer Izzy. "Ces gens le vendent vraiment."

« Vendre quoi ? »

« Le truc de *l'histoire vivante* . Toute la ville est de caractère. Ils sont tellement convaincants », répondit Izzy les yeux écarquillés.

Amara étouffa un rire.

Ils traversèrent une rue pavée vers la place. Plusieurs chevaux étaient attachés à un poteau où se dressait la paleteria en leur temps. Ils s'assirent sur l'un des bancs en bois éparpillés sur la place.

Un regard étrange passa sur le visage d'Izzy. « Où est le marchand de glace ? »

« Tu veux une glace à huit heures du matin ?

"Non, mais n'est-ce pas là que nous sommes allés manger une glace hier soir ?" demanda Izzy en désignant les chevaux.

"Oui et non."

"Qu'est ce que ça veut dire?"

« Physiquement, c'est le même endroit. Oui, joua Amara.

« Alors qu'est-ce qui lui est arrivé ? Ça a bougé depuis hier soir ? Izzy répliqua sarcastiquement.

"Il est toujours là... mais pas encore."

"Hein?"

"Jetez un coup d'œil autour de vous et dites-moi ce que vous voyez", ordonna Amara.

Izzy marqua une pause. Elle scruta le paysage devant elle.

Cela ne ressemblait en rien à ce qu'il était hier soir. Même la route était différente. L'église d'en face était plus petite que dans ses souvenirs.

"Les chevaux. Une église. Une dame vendant de la nourriture. Maintenant je comprends!"

"Tu fais?"

"Bien sûr. Cette place est dans la partie histoire vivante de la ville. Hier soir, nous étions sur la vraie place », a répondu Izzy, satisfaite de sa réponse.

"Observation intéressante."

« Mon amour », cria une voix familière.

Amara bloqua le soleil avec sa main pour voir Porfirio galoper vers eux sur un cheval robuste de couleur auburn. Ses mèches noires pulpeuses rebondissaient en harmonie à chaque galop. Elle ne s'attendait pas à le voir. Izzy devait remarquer la ressemblance avec son cousin.

"Que fais-tu ici?" a demandé Amara.

"Je suis allé vous rendre visite, mais il n'y avait personne", a-t-il répondu.

Izzy éclata de rire. "Depuis quand es-tu devenu un cow-boy ?" Elle a dirigé Porfirio.

« Isabelle ! Je n'avais pas réalisé que c'était toi.

"Bien sûr que non, tu es trop occupé à baver sur mon meilleur ami," taquina Izzy.

"Je vous demande pardon!" s'exclama Porfirio, manifestement offensé. « Je ne *bave pas,* pourquoi me parles-tu de cette manière ? Es-tu malade?"

« Qu'est-ce qui *te prend* ? demanda Izzy.

"Je pourrais vous poser la même question", répliqua Porfirio.

« Ça suffit, vous deux. Calme-toi, interrompit Amara. « Izz, puis-je te parler une minute ? Excusez-nous, dit-elle à Porfirio en écartant son amie.

"Est-ce que j'ai raté quelque chose ?" demanda Izzy.

"Il n'est pas celui que vous pensez qu'il est."

"Excuse-moi? Je pense que je connais mon propre cousin."

"Je suis sûr que oui, mais ce n'est pas lui."

"Une perruque chère ne me trompe pas."

Porfirio se tenait patiemment à côté du cheval, essayant d'écouter leur conversation, mais le bruit des voitures qui passaient étouffait leurs voix. Isabel agissait de manière assez étrange. Elle ne lui avait jamais parlé comme ça en privé, encore moins l'embarrasser devant sa future épouse.

Amara sortit la bonne monnaie de sa poche et la tendit à Izzy. « Pouvez-vous nous apporter du lait de coco ? » Elle fit un signe vers le stand de l'autre côté de la rue.

"Peu importe," répondit Izzy. "Tu as de la chance que j'ai soif."

Pendant qu'Izzy allait chercher leurs boissons, Amara essayait d'apaiser la tension avec Porfirio. "Tu t'es calmé ?" Elle a taquiné pour briser la glace.

"Moi? Isabel n'est sûrement pas elle-même aujourd'hui.

« Elle ne faisait que taquiner. Arrêtez d'être si grincheux », a réprimandé Amara.

Porfirio a tenté une protestation mais n'a pu que rire du regard sévère sur son visage. "Comme tu voudras, mon amour."

"Alors, tu es venu nous rendre visite ?"

"En fait, je suis venu vous inviter à San Blas."

Amara regarda le cheval puis de nouveau Porfirio avec un regard perplexe sur son visage. "Sur ce?"

Il rit. "Non. J'ai fait remplacer une roue sur le chariot. Il devrait être prêt maintenant. Je reviendrai bientôt.” Il lui baisa tendrement la main puis monta à cheval et s'enfuit dans la rue.

Chapitre vingt-cinq

Izzy revint avec deux verres de lait de coco. « Où est passé le cow-boy en strass ? » Elle a ri.

Amara haussa un sourcil désapprobateur. « Avez-vous remarqué quelque chose d'inhabituel ?

"Par où je commence?"

"Où tu veux."

"D'accord. Pour commencer, il parle super bizarre. Deuxièmement, qu'est-ce qui se passe avec les pièces? Sont-ils uniquement destinés à être utilisés dans la vieille ville ? Ils sont soit vraiment vieux, soit vraiment faux. » Izzy sortit une pièce de son porte-monnaie et la tendit à Amara. "Il est écrit 1810."

"J'ai une bonne explication pour ça."

"Vraiment? J'attends."

"Les pièces sont bien réelles."

"Je suis convaincu, affaire classée" répondit Izzy. Son sarcasme n'a pas échappé à Amara.

"Regardez votre téléphone. *Discrètement!*"

"Pourquoi?" Izzy sortit à moitié son téléphone de son sac.

« Avez-vous un signal ? »

"Non, mais je l'ai fait plus tôt chez ta grand-mère."

Amara sortit son téléphone et fit défiler sa galerie. Elle sortit la photo qu'elle avait prise avec Isabel et la montra à Izzy. "Est-ce que cela vous semble familier?"

"Huh euh," Izzy secoua la tête. Quand était-ce? Je ne me souviens pas d'y être allée, d'avoir porté cette robe ou d'avoir pris cette photo.

« C'est parce que *tu* ne l'as pas fait. Voici la cousine de Porfirio, Isabel, et moi lors d'un baptême la semaine dernière.

"Je suis la cousine de Porfirio, Isabel."

"Non, tu es le cousin de Rio, Izzy en 2010."

« Ne sommes-nous pas tous en 2010 ? Izzy éclata de rire.

« Pas pour le moment… » La voix d'Amara s'éteignit.

"Vous êtes tellement bizarre. Qu'est-ce que c'est censé vouloir dire?" Izzy a ri de la blague perçue, mais Amara est restée avec un regard mort fermement planté sur son visage. "Cet endroit vous atteint. C'est un lieu touristique d'histoire vivante, ou peu importe comment vous l'appelez."

«Nous *vivons* l'histoire en ce *moment* . Je pensais vraiment que tu l'aurais compris maintenant que tu étais un étudiant honoraire et tout, mais apparemment non, alors je vais juste le dire. *Nous sommes en* 1810. *Nous* sommes deux cents ans dans le passé », a lâché Amara.

"Ha! Très drôle. Et alors? Nous voyageons dans le temps ?

"Je suppose que vous pourriez l'appeler ainsi."

"Je ne me souviens pas d'être monté dans une machine à voyager dans le temps."

« Vous souvenez-vous d'avoir franchi la porte de ma chambre ?

"Bien sûr, c'était il y a environ une heure."

"Essayez il y a deux cents ans."

Izzy jeta un coup d'œil autour de la place, puis de l'autre côté de la rue à l'église. Pas une voiture en vue. Rien de moderne en fait. Pas même une cabine téléphonique. Elle se souvenait distinctement en avoir croisé plusieurs en allant acheter des chicharones ce matin. "Je pense que je dois m'asseoir."

Amara l'a aidée à un banc voisin. « *Ce* Porfirio est fiancé à Amara Rivera, qu'il croit être moi. Sa cousine Isabel te ressemble exactement.

« Pourquoi penserait-il que vous êtes sa fiancée ? »

"J'ai *peut* -être joué avec son illusion," répondit Amara avec hésitation.

"Pourquoi? Attendez. Donc, nous avons des sosies dans le passé ? Ou sommes-nous leurs sosies du futur ?

« Je ne sais pas comment ça marche », mentit Amara. Ce n'était pas le moment d'évoquer la malédiction ou les réincarnations. "Allez juste avec ça."

Porfirio revint avec la voiture alors qu'ils traversaient la place. Il les aida à monter à bord, puis reprit son poste de cocher.

"Où allons-nous?" murmura Izzy.

« Porfirio nous a invités à l'accompagner à San Blas. Nous pouvons regarder autour de nous pendant qu'il s'occupe de ses affaires au comptoir.

« Vous vous rendez compte qu'il y a une révolution qui se déroule en ce moment, n'est-ce pas ? Comme, la guerre. Combat. Décès. Est-il prudent de se rendre à l'épicentre de l'action ? »

« Voilà mon étudiant d'honneur. Vous vous souvenez de l'histoire mondiale de la 10e année ·

« Sois sérieuse, Amara ! C'est cool et tout, mais nous pourrions être en réel danger.

"Je sais je sais. Je suppose que je n'y ai pas pensé comme ça. Nous irons avec lui et nous reviendrons tout de suite. S'il vous plaît, Izz. Fais le pour moi. Considérez cela comme une aventure », a plaidé Amara, utilisant ses propres mots contre elle.

"Qu'est-ce que vous vous chamaillez là-bas ?" demanda Porfirio en tirant les rênes.

"Rien dont vous ayez à vous préoccuper", lui assura Amara.

« Cousin, tout va bien pour vous ? » Porfirio dirigé vers Izzy.

« Oui, cousine. Tout va bien », répondit Izzy à contrecœur en serrant les dents.

Le claquement des fers à cheval contre le chemin de terre emplit le silence du reste du trajet jusqu'à San Blas. Porfirio arrêta complètement les chevaux lorsqu'ils atteignirent le sommet de la montagne. Amara a simulé le mal des transports pour pouvoir prendre une photo de la vue majestueuse de la côte.

« Tu te sens mieux, mon amour ? » demanda Porfirio avec inquiétude.

"Beaucoup. Merci d'avoir arrêté », a répondu Amara.

"Jolie comme une image", a ajouté Izzy.

Amara lui lança un regard. "Pourquoi merci, mon cher ami," rétorqua-t-elle avec un clin d'œil.

« Très bien, allons-y alors. Nous ne sommes qu'à une courte distance de notre destination », a déclaré Porfirio.

En quinze minutes, ils arrivèrent à la maison de comptage, connue des locaux sous le nom de maison de comptage. Porfirio se dirigea vers un groupe d'hommes debout près de l'entrée. "Amara, viens nous rejoindre s'il te plait," appela-t-il.

"Bien sûr," répondit-elle. Amara se dirigea vers l'endroit où se tenaient les hommes.

"Je voudrais vous présenter mes estimés collègues, Horatio Reyes, et le commandant en chef, le père José María Mercado", a annoncé Porfirio.

Le père Mercado les salua chaleureusement, contrairement à Horatio qui hocha légèrement la tête, évitant le contact visuel. La frayeur en forme de x sur son sourcil gauche attira son attention. Izzy pensait qu'il n'avait pas l'air à sa place. Elle se demanda s'il pensait que c'était le cas aussi.

Amara fit la révérence, se sentant immédiatement gênée. C'est ce que je suis censé faire ? Pensa-t-elle, devinant ses actions.

"Père, ma fiancée Amara Rivera."

Le père Mercado déposa un doux baiser sur le dos de sa main. "Très heureux de faire votre connaissance, Miss Rivera", a-t-il déclaré.

"Le plaisir est pour moi, Père." Amara a répondu Intérieurement, elle avait une crise. *Le* Père Mercado, en chair et en os, qui en moins de deux mois sauterait vers la mort pour éviter d'être abattu par les ennemis. Un héros national. Il lui avait baisé la main.

« Et vous, mademoiselle, comment vous appelez-vous ? Père Mercado dirigé vers Izzy.

"C'est ma cousine, Isabel de los Santos", a répondu Porfirio en son nom.

"Ravi de vous rencontrer Père." Izzy a tendu la main. Elle était reconnaissante à Porfirio d'avoir répondu, même si elle pensait que c'était plutôt présomptueux de sa part. Dans ce cas, elle le laissa glisser, d'autant plus qu'elle ne savait pas comment répondre elle-même à la question.

« De même », répondit le père Mercado.

Les cloches de l'église sonnaient au loin. Des tintements émouvants invitaient les paroissiens locaux à se rendre à la messe. Le père Mercado s'est excusé pour assister au service.

Amara sut immédiatement qu'il s'agissait des fameuses cloches de San Blas, dont Henry Wadsworth Longfellow avait parlé dans son poème de 1882.

« Le père Hidalgo présidera l'office d'aujourd'hui. Ne veux-tu pas me rejoindre ? Le père Mercado n'a fait remarquer à personne en particulier.

Michel Hidalgo ? Amara jeta un coup d'œil à Izzy pour voir si la chute monumentale du nom était passée inaperçue. A en juger par l'expression des yeux écarquillés, ce n'était pas le cas.

« J'ai des affaires à régler pour mon père, mais mes invités peuvent vous accompagner s'ils le souhaitent. » Porfirio a répondu

Comment auraient-ils pu refuser une chance de rencontrer l'un des hommes les plus prolifiques de l'histoire du Mexique ? Nous serions ravis d'y aller, laissa échapper rapidement Amara.

Izzy étouffa un rire face à la réponse exagérée de sa meilleure amie. Certes, elle était contente d'avoir accepté de venir à San Blas. L'histoire était partout, mais c'était surréaliste comme un de ces rêves où vous savez inconsciemment que c'est un rêve. À vrai dire, elle ne pouvait pas dire dans quelle catégorie elle se trouvait. S'ils étaient vraiment en 1810, ils pourraient potentiellement changer tout le cours de l'histoire. Elle a balayé ses peurs et a décidé de vivre dans l'instant, ou dans ce cas de profiter du passé.

Chapitre vingt-six

En se rendant à la messe, le père Mercado a donné un bref historique de La Marinera, comme il se référait affectueusement à l'église. "Depuis son achèvement en 1769, notre bien-aimée Marinera a eu sa juste part de difficultés. Les attaques des combattants ennemis, et même un éclair, ne pourraient pas la détruire.

Amara a admiré le savoir-faire des bâtiments, en particulier l'église. Des calcaires difformes mis en place avec amour par des colons fatigués à la recherche d'un lieu de culte. À l'intérieur, les briques posées de manière complexe dans le plafond sont soutenues par des arcs en pierre atteignant chaque côté du sanctuaire. Le père Hidalgo avait déjà commencé le service lorsqu'ils sont entrés dans l'église Notre-Dame du Rosaire.

Les paroissiens ont accepté avec empressement le sang du Christ au fur et à mesure qu'il était distribué. Amara hésita lorsque le père Mercado lui passa le vase. Izzy la poussa doucement. L'ampleur de l'occasion était presque trop grande pour l'un ou l'autre. Elle but une gorgée et la passa à Izzy qui fit de même.

Le père Mercado a approché le père Hidalgo après la fin du service. Amara et Izzy sont restés derrière. Bien qu'élevé chrétien, Amara appréciait la spiritualité de la cérémonie sacrée. La foi des congrégations en la Vierge a laissé une puissante présence dans son âme.

"Oh mon Dieu, Amara. C'est insensé!" s'exclama Izzy.

"N'est-ce pas?"

"Je vais prendre une photo en douce."

« Allez-y mais soyez discret. Si vous vous faites prendre, ils jureront que nous sommes des sorcières. Si quelqu'un demande, c'est un miroir que ton oncle a ramené d'Europe.

"Pourquoi l'Europe ?"

"Je ne sais pas, ça sonne mieux que de leur dire que nous venons du futur", a répondu Amara.

"Vrai." Izzy a accepté. Elle sortit son téléphone de son sac et s'assura que le flash était éteint. Elle se concentra sur le Père Hidalgo et le Père Mercado puis appuya sur le bouton.

« Éteignez le son ! » Amara réprimanda à travers les dents serrées. Ses yeux se tournèrent vers le Père Mercado qui était tellement absorbé par sa conversation qu'il ne semblait pas s'en apercevoir.

"Mon mauvais", Izzy a reculé.

« Attendons le père Mercado dehors.

Izzy suivit Amara à l'extérieur du sanctuaire. Le soleil de décembre s'abattait sur eux de plein fouet. Les gens se pressaient dans la ville pour vaquer à leurs occupations. Amara a sorti son téléphone et a commencé à enregistrer une fois qu'elle était convaincue que personne ne leur prêtait attention.

"Prends-moi en photo." Izzy s'appuya contre l'église et prit la pose. Amara a rapidement pris quelques photos.

"Mon tour, alors nous devons nous détendre sur les images", a averti Amara.

Le père Mercado est apparu dans l'embrasure de la porte avec le père Hidalgo juste derrière lui. « Demoiselles », appela-t-il en leur faisant signe de le suivre. Les filles écoutaient attentivement les hommes discuter des stratégies de guerre pour la révolution. Amara a poussé l'enregistrement sur son téléphone pour capturer la conversation capitale.

Lorsqu'ils arrivèrent au fort, Porfirio se tenait à l'extérieur du fort. "Père Hidalgo, veuillez pardonner mon absence à la messe."

"Seulement si vous promettez d'assister au prochain service", a répondu le père Hidalgo.

« Vous avez ma parole », lui assura Porfirio.

« Très bien », remarqua le père Hidalgo. "Voulez-vous nous rejoindre à la réunion?"

"Malheureusement, je ne le ferai pas. Après avoir fait visiter les lieux aux dames, je dois m'en aller. Porfirio a expliqué.

"Avoir un bon voyage. Que Dieu vous bénisse." dit le père Hidalgo en entrant dans le fort.

"J'étais sur le point de venir vous chercher", a déclaré Porfirio aux filles. « Avez-vous apprécié le service ? »

"Tout à fait", répondit Amara avec insistance.

"Voulez-vous entrer et regarder autour de vous ?" demanda Porfirio.

"J'aimerais beaucoup", a répondu Amara. Elle jeta un coup d'œil à Izzy.

"Moi aussi," acquiesça Izzy.

Porfirio ouvrait la marche tandis que les filles restaient à quelques pas derrière. Amara était intrigué de voir le fonctionnement réel d'un fort en cours d'utilisation. Elle fouilla dans son sac à main, allumant discrètement son appareil photo. Il n'y aurait pas d'autre chance de capturer l'histoire vivante, pas comme ça en tout cas.

Il a attiré leur attention sur les sculptures en pierre complexes des rois espagnols sur le devant du bâtiment lors de leur passage. À l'intérieur se trouvait une scène animée remplie d'hommes en tenue militaire, de prêtres et d'hommes d'affaires. Des voix résonnaient sur les murs de pierre du fort créant un rugissement sourd. Des arômes d'épices et de moisissure imprégnaient l'air. Le père Mercado et un groupe d'hommes étaient réunis autour d'une pile de cartes posées sur une grande table en bois. Amara ne pouvait pas comprendre ce qu'ils disaient malgré le bruit, mais les regards intenses sur leurs visages ne la mettaient pas à l'aise.

Alors qu'ils s'aventuraient plus profondément dans le fort, une odeur de viande assaisonnée flottait dans l'air. "Quelque chose sent bon", a lâché Izzy.

« Je vous demande pardon ? »

Porfirio ne savait manifestement pas ce que signifiait miam.

Izzy gloussa. "Quelque chose sent bon dans mes narines," dit-elle avec une élégance feinte.

« Une fête se prépare pour le père Mercado et le père Hidalgo. Nous sommes les bienvenus », a répondu Porfirio.

"Heck yeah, je veux dire, ça sonne bien," balbutia Izzy.

"C'est vrai. Malheureusement, nous n'avons pas beaucoup de temps », intervint Amara.

"Compris. Les canons sont juste par là, dit Porfirio en désignant une porte voûtée.

Des hommes montaient la garde à côté de chaque canon. La menace de guerre avait sombré. Ils étaient littéralement au point zéro pour une révolution. Ces hommes devaient être prêts à tout moment pour défendre San Blas. Avec leur propre vie si nécessaire !

Amara sentit une attaque de panique arriver. Soudain, il semblait y avoir des gens partout. Elle regarda Izzy, qui semblait inconsciente, pour voir si elle ressentait la même chose.

"Viens." Porfirio fit signe, sentant le malaise d'Amara.

Au-delà des canons s'étendait une vue panoramique de San Blas. Cela ressemblait aux tableaux accrochés au mur du restaurant où elle travaillait. Niché entre un bosquet de palmiers et des navires de ravitaillement dans le port; d'humbles adobes parsemaient le paysage.

Enchantée, elle sentit son anxiété disparaître dans le soleil de l'après-midi. "C'est la vue la plus magnifique que j'ai jamais eu le plaisir de voir", a répondu Amara. Elle se sentit comme une boule de maïs dès que les mots s'échappèrent de ses lèvres.

"Une beauté qui n'a d'égal que la tienne, mon amour," Porfirio la regarda attentivement dans les yeux.

Le soleil qui brillait sur son beau visage était presque plus qu'elle ne pouvait en supporter. Elle combattit l'envie de l'embrasser juste là. Était-il possible d'être amoureux de lui et de Rio en même temps ? Il y avait comme les deux faces d'une même médaille. *Amara Rivera est une fille chanceuse !* Pensa-t-elle avec une pointe de jalousie.

"Je déclare, señorita, c'est très certainement le cas", se moqua Izzy avec un faux accent du sud, brisant le fil de sa pensée.

"Vraiment?!" Amara impassible.

"Pas vraiment. Je l'aime. C'est joli comme image. Izzy cligna de l'œil.

Dois-je oser en prendre un ? Amara balaya la zone pour voir si quelqu'un y prêtait attention. Elle devrait être rapide ! Décidant qu'une séance photo comme celle-ci était trop belle pour la laisser passer, elle a discrètement sorti son téléphone et a rapidement pris quelques photos. Le léger cliquetis attira l'attention de Porfirio. Elle fit semblant de tousser et la rangea dans son sac à main.

"Tu vas bien, mon amour ?" demanda Porfirio.

"Je le suis", lui assura-t-elle. « C'est juste un rhume d'été », mentit-elle. "Il se fait tard. Il faut qu'on rentre. »

« Je dois admettre que l'arôme du festin a éveillé ma faim. Allons-nous prendre un repas avant de rentrer ? »

« Non, merci, je n'ai pas faim », mentit-elle. "Nous devons vraiment revenir." La vérité était qu'elle était affamée. Son estomac gronda au mépris de ses paroles. L'expression sur le visage d'Izzy disait qu'elle pouvait manger, mais il n'y avait pas le temps.

"Comme tu voudras, mon amour." Porfirio tendit la main pour aider Amara à monter dans la voiture, puis Izzy. Une fois installés, il prit place au sommet du carrosse. Le claquement des rênes a mis les chevaux en mouvement.

Amara vérifia discrètement l'heure sur son téléphone. Rio était censé les récupérer en moins d'une heure en leur temps. Elle avait hâte de s'allonger sur la plage et de se détendre pendant quelques heures. Izzy ajustait sa robe. La température avait augmenté d'au moins vingt degrés depuis qu'ils avaient quitté Jalco ; des gouttes de sueur coulaient sur son visage.

"Allumez la climatisation", a chuchoté Izzy, ce qui a fait rire sa meilleure amie.

"J'aimerais que nous puissions, je rôtis dans tous ces vêtements."

« Je ne sais pas comment ils font. Je serais enfermé pour nudité publique si je devais faire ça tous les jours. Donnez-moi mon short et mon débardeur, s'il vous plaît et merci.

Les chevaux ralentissaient. Amara tira le rideau et regarda par la fenêtre latérale pour mieux voir. Un groupe d'hommes bloquait la chaussée devant nous. Son cœur s'est mis à battre. Elle jeta un coup d'œil à Izzy.

"Qu'est-ce que c'est? Qu'as-tu vu?"

"Je ne suis pas sûr. Cela ressemble à un barrage routier. Je ne sais pas ce que cela signifie. Restez silencieux et laissez

Porfirio s'en occuper », a conseillé Amara.

« Et s'ils nous fouillaient ? Le regard de terreur dans les yeux d'Izzy disait tout.

"Éteignez votre téléphone. À présent!" Ce fut la première chose qui lui vint à l'esprit. Si les téléphones étaient éteints, ils ne pouvaient pas s'allumer ni faire de bruit. Être pris avec un appareil électronique de nos jours pourrait être mortel. Comment l'expliqueraient-ils ? Les chances que quiconque croie qu'il s'agissait d'un miroir étaient minces, mais comme l'électronique n'existait pas encore, c'était concevable.

"D'accord." Le cœur d'Izzy battait presque hors de sa poitrine. « C'est pourquoi je ne voulais pas participer à ce voyage. Certes, c'était cool, amusant, comme vous voulez le décrire, mais le monde était un endroit différent à l'époque, ou maintenant. Vous savez ce que je veux dire, dit-elle en serrant les dents.

Les chevaux s'arrêtèrent complètement. Un petit homme aux cheveux noirs et à la longue moustache hirsute s'approcha de Porfirio à l'avant du carrosse. "Votre nom?"

"Porfirio Gutierrez de los Santos."

« Quelle est votre affaire ? L'homme a demandé.

"Je vais assister aux services de l'après-midi."

"Cinq pièces d'argent," demanda l'homme.

Porfirio a pêché dans ses poches. "Je n'en ai que quatre."

"Je suis sûr que vous avez quelque chose d'autre de valeur..." L'homme ricana en lançant un regard sinistre vers la voiture.

« Rien qui puisse t'intéresser, j'en suis sûr », répondit Porfirio.

L'homme fit signe à ses acolytes postés au milieu de la route de venir. "Il dit qu'il n'a rien de valeur, mais je ne le crois pas." Il força la porte de la voiture et regarda à l'intérieur.

Tremblante, Amara sortit une pièce de son sac à main. "J'ai une pièce d'argent, prends-la." dit-elle en le poussant vers lui.

"Je vais le prendre... et les deux pots d'or ici," répondit l'homme en riant aux éclats. « Julio ! Juan ! Viens!" appela l'homme à ses amis. "Aidez-moi à décharger la cargaison." Juan et Julio se sont rapidement rendus. Debout de chaque côté de la longue moustache du capitaine, ils ont ajouté des sifflets enthousiastes pour faire bonne mesure.

La puanteur de l'alcool et la mauvaise hygiène emplissaient l'air à l'intérieur de la voiture. La réalisation des intentions des hommes avait commencé à s'installer. Izzy, au bord d'une crise de panique à part entière, a commencé à projeter des vomissements. Il a pulvérisé tout l'intérieur de la voiture et les aspirants bandits. Bien qu'elle soit terrifiée, Amara a gardé le cap.

Le vomi parfaitement chronométré d'Izzy a donné à Porfirio la chance dont il avait besoin pour s'échapper. Il a brisé les rênes en envoyant les chevaux voler sur la route. Le petit homme tenait fermement la porte de la voiture. Amara est passée à l'action, lui donnant un coup de pied au visage de toutes ses forces. Il était hors de question qu'elle cède sans se battre. L'homme cria de douleur puis finit par lâcher prise. Juan et Julio coururent après eux. Izzy rassembla assez de force pour fermer la porte, puis s'effondra contre le siège.

Porfirio s'arrêta une fois qu'il fut sûr qu'ils étaient hors de danger. « Mon amour, t'a-t-il fait mal ? Isabelle, tu vas bien ?

"Non, ça va. Juste aller! Pars s'il te plait!" exhorta Amara. Elle regarda Izzy qui était assise là avec un regard vide sur son visage.

« Isabelle, ça va ? »

Elle était assise là face de pierre. Elle ne pouvait pas ou ne voulait pas parler. *Peut-être qu'elle est sous le choc* , supposa Amara. Sortant un mouchoir de son sac à main, elle essuya le visage de son amie. Elle n'avait même pas participé à une bagarre, et encore moins avait failli être kidnappée par des bandits bicentenaires.

Porfirio a de nouveau brisé les rênes et ils ont continué leur voyage. Amara avait hâte de revenir en 2010. Une heure plus tard, Porfirio tirait les chevaux derrière une calèche garée devant la maison Rivera.

Il aida les filles à descendre et les raccompagna jusqu'à la porte. "Je vais parler à ton père."

"Non! S'il vous plaît, partez ! demanda Amara. Elle savait que la voiture à l'extérieur appartenait à Don Manuel. La vraie Amara Rivera était-elle aussi à l'intérieur ?

« C'est juste que… » balbutia Porfirio.

Amara l'interrompit avant qu'il ne puisse finir. "Va!"

Soudain, la porte d'entrée s'ouvrit et Don Manuel se tenait devant eux. Il avait l'air confus par quoi ou qui il voyait devant lui.

"Rentrez à l'intérieur", a dit Don Manuel à Amara.

Il avait l'air hagard et échevelé. Il y avait des coupures et des ecchymoses sur son visage et son cou. Amara est rapidement entrée à l'intérieur pour trouver Tachi. Dans la cuisine, elle s'est retrouvée nez à nez avec l' Amara Rivera en chair et en os ! Ils pourraient passer pour des jumeaux.

"Toi!" dirent les deux Amaras à l'unisson.

Sentant que le sol allait tomber sous elle, Izzy s'assit à table. Elle pouvait à peine entendre leurs voix à cause du bourdonnement dans ses oreilles.

« Isabelle, que fais-tu ici ? Tu n'as pas l'air bien, est-ce que tout va bien ? Amara Rivera a demandé à Izzy.

« Elle est avec moi. De mon temps », a expliqué Amara en versant une tasse d'eau et en la tendant à Izzy. La pauvre fille n'avait pas prononcé une seule syllabe depuis qu'elle avait vomi.

Certes, elle avait soif.

Tachi entra dans la cuisine et parla à voix basse. « Amara, tu devrais y aller maintenant. Les gardes seront bientôt là. Nous ne pouvons pas prendre le risque que quelqu'un vous voie ensemble.

« Porfirio est dehors. Nous avons été pris en embuscade par un groupe d'hommes qui ont essayé de m'emmener moi et Izzy avec eux. Les mots crachés dans un mélange confus. "Il pense que je suis toi", dit-elle à Amara.

Amara Rivera avait l'air fatiguée et confuse. Son visage était couvert de bleus, ses lèvres enflées. Il était hors de question que Porfirio croie qu'elle était la même personne avec qui il avait passé la journée.

"Je suis content que tu sois à la maison, Amara."

« Sans vous, ce ne serait pas possible. Alors, merci , Amara.

"Je suis content d'avoir pu être utile. Je reviendrai bientôt." Amara s'excusa puis elle et Izzy montèrent se changer et retournèrent de l'autre côté.

Chapitre vingt-sept

D'une voix tremblante, Izzy parla finalement une fois qu'ils furent en sécurité dans la chambre d'Amara. "Je n'y retournerai plus !"

« Je suis tellement, tellement désolé Izz. J'aurais dû t'écouter.

"Tu penses? Autre que le quasi-enlèvement que nous avons vécu; c'était en fait une belle journée. Izzy a fouillé dans sa valise pour trouver ses médicaments contre l'anxiété et en a rapidement bu un.

« Tu as été incroyable cependant. Quel mauvais cul. dit Amara puis éclata de rire.

"Je suis content que tu trouves mon agitation intérieure amusante."

« Oh mon Dieu, ce n'est pas ça et tu le sais. Vous devez admettre que si cela arrivait à quelqu'un d'autre ou dans un film, vous vous rouleriez par terre en riant.

"Et alors? Maintenant je suis un super-héros ou quoi ? Mon super pouvoir c'est le vomi ? Je suis Reine V ? demanda sarcastiquement Izzy, ce qui ne fit que faire rire Amara plus fort.

"Queen V, c'est hystérique !" Amara renifla, essayant de reprendre son souffle.

Izzy attrapa l'oreiller du lit et envoya Amara au visage.

"Tu vas tomber drôle de fille!" Le rire contagieux d'Amara l'avait brisée. Elle riait et pleurait en même temps.

"Oh oui?" Amara a ramassé un oreiller et a riposté. Elle ne pouvait pas s'arrêter de rire. Ce n'était pas si drôle, mais ses émotions devenaient folles. Peut-être qu'elle l'était aussi. Izzy avait un regard étrange dans les yeux. Elle riait hystériquement alors que les larmes coulaient sur son visage.

Martha fit irruption dans la pièce pour voir de quoi il retournait. « Que se passe-t-il ici ?

"Rien," répondit rapidement Amara. Elle imagina qu'ils devaient avoir l'air en désordre. Pour autant que sa mère le sache, ils avaient été dans sa chambre toute la matinée, maintenant ils avaient l'air d'avoir traversé un marécage.

Marta regarda Izzy. La sueur et les larmes avaient gravé un chemin dans la poussière de son visage. Ses cheveux repassés auparavant à plat semblaient crépus et emmêlés à sa tête. « Isabelle, ça va ? »

"Doña Marta, je vis ma *meilleure* vie."

Marta ne savait pas trop quoi penser de la réponse d'Izzy mais n'a pas insisté davantage. "Les adolescents sont étranges." Elle marmonna en sortant.

Les filles se retournèrent et se regardèrent dans le miroir au-dessus du bureau. « Sommes-nous *étranges* ? Izzy ricana.

"Vous êtes. Je suis bizarre. Il y a une différence.

« Mets tes fesses bizarres sous la douche. Le grand Rio sera bientôt là.

"Hmmm. Il est plutôt génial, maintenant que tu le dis. Amara répondit rêveusement.

"Est-ce correct? Eh bien, je pue, donc ce n'est pas si génial. Je vais utiliser votre salle de bain et vous descendez.

"Oui, Queen V", taquina Amara.

"J'ai votre Queen V ici", sourit Izzy en serrant le poing.

Amara rassembla les vêtements qu'elle avait disposés plus tôt. "Prends une douche, puant", taquina-t-elle en sortant.

Elle se sentait mieux après une douche. Presque comme si les rires et les larmes avaient nettoyé son âme. Aujourd'hui a été le jour le plus fou de ma vie. Pensa-t-elle. Même si elle devait l'admettre, elle aimait passer du temps avec Porfirio malgré tout ce qui s'était passé. Il y avait quelque chose en lui qui était pur. Sa douce innocence était rafraîchissante. Ses mots romantiques se lisent comme de la poésie. Elle ressentait plus qu'une pointe de jalousie pour Amara Rivera. *Et Rio ?* C'était une bonne question. Serait-il romantique et la renverserait-il comme le grand Porfirio ? Porfirio ne *vous courtise pas* ; il est amoureux d' *elle* ! Sa voix intérieure la harcelait alors qu'elle se préparait pour son rendez-vous. Elle se demanda si Rio et Porfirio avaient le même lien mental qu'elle et Amara avaient.

Elle alluma son téléphone et feuilleta les photos qu'ils avaient prises à San Blas. Le selfie d'elle et d'Izzy pris à l'extérieur de l'église la fit s'arrêter. Son visage semblait flou alors que celui d'Izzy était normal. "C'est étrange. Izz, regarde ça. Remarquez quelque chose ? » Elle lui tendit le téléphone.

"Je suis adorable."

"Oui mais non. Ce n'est pas de cela que je parle. »

"Votre visage a l'air effrayant. Es-tu un fantôme?" Izzy éclata de rire.

« Etes- *vous* ? Soyez sérieux une minute. Regardez ceux que vous avez pris.

« Dang, grincheux ! Laissez-moi regarder." Izzy a allumé son téléphone et a appuyé sur l'icône de la galerie. Des frissons lui parcoururent le dos quand elle arriva devant la photo d'Amara contre le mur extérieur de l'église. "Voir!"

Amara étudia la photo. Son visage y était également flouté. Il y avait aussi l'ombre indubitable d'un homme debout à côté d'elle, mais personne d'autre là quand Izzy a pris la photo.

côté d'elle, mais personne d'autre là quand Izzy a pris la photo.

Chapitre vingt-huit

"Amara, Izzy, vous avez un invité", a appelé Marta d'en bas.

« Soyez là », a crié Amara.

"Rio est en bas", a déclaré Izzy. "Il vient de m'envoyer un texto."

Il attendait devant la porte d'entrée. La faible odeur de son eau de Cologne les accueillit de l'autre côté de la pièce. Amara pensait qu'il était plus beau que la dernière fois qu'elle l'avait vu, si c'était même possible.

"Bonjour cousin, bonjour Amara." Il fit un clin d'œil à Amara en envoyant des papillons voleter dans son estomac.

"Hey cousin, tu es en retard," répondit Izzy en tapotant sa montre.

"Je vous demande pardon." Rio a plaidé d'un ton exagéré.

« Ne lui faites pas attention », proposa Amara.

« Alors, sommes-nous prêts pour une journée amusante au soleil ? »

"Comme nous le serons toujours," marmonna Izzy dans sa barbe.

Amara lui lança un regard qui lui dit de modérer son

attitude. « Je ne peux pas attendre. Alors, où allons-nous?"

« Une petite ville balnéaire appelée San Blas, en avez-vous déjà entendu parler ? Il y a un vieux fort militaire et des ruines d'église que j'aimerais vous montrer. a demandé Rio.

Les yeux d'Izzy s'agrandirent comme des soucoupes à la simple mention de San Blas. Elle établit un contact visuel avec Amara qui se contenta de secouer la tête.

"Ça a l'air amusant", a répondu Amara. Elle donna un léger coup de coude à Izzy dans les côtes pour décourager tout autre commentaire qu'elle pourrait penser à dire à haute voix.

"Inscrivez-moi", a déclaré Izzy. Le sarcasme n'a pas échappé à Amara ; Rio ne sembla pas s'en apercevoir.

Amara est allée à la cuisine pour dire au revoir à sa mère et à sa grand-mère. "Le cousin d'Izzy, Rio, nous emmène à San Blas pour voir le fort et les ruines de l'église."

"Vous allez adorer là-bas", lui a assuré Marta.

"Quand j'étais petite, nous allions à San Blas tous les dimanches pour rendre visite à ma tante Lorena et à mes cousins." Maman Erlina sourit au souvenir. « Amusez-vous bien, ma chérie. »

"Bien sûr. Je serai bientôt à la maison. Je vous aime." Amara leur a donné à tous les deux un baiser sur la joue.

Dehors, elle trouva Izzy assis sur la banquette arrière de la voiture. Rio ouvrit la porte du passager et elle se glissa à l'intérieur. Beau *et* gentleman, se dit-elle.

La petite voiture de Rio a rebondi sur le terrain rocheux escarpé sur la route de montagne. Roberto a déclaré que les averses torrentielles de la saison des pluies avaient aggravé la situation. Elle imaginait que les gens qui devaient le parcourir tous les jours seraient ravis lorsqu'il le ferait paver.

« Pourquoi souriez-vous ? » a demandé Rio.

"Rien," répondit Amara d'un air penaud. Elle n'avait même

pas réalisé qu'elle souriait et grimaça à l'expression maladroite supposée qu'elle avait sur son visage.

Izzy rompit le silence gêné. "Tout le monde et leur maman sont sortis aujourd'hui."

Rio a ri. « La mère de qui ? »

"Ta mère," rit Izzy.

"C'est une expression américaine", a expliqué Amara avec un petit rire. Bien que Rio parlait très bien anglais, certaines choses lui échappaient à coup sûr.

Amara était perplexe face au comportement d'Izzy. Elle avait toujours été un peu nerveuse, mais était dans une forme rare aujourd'hui. Le fait d'être en 1810 l'avait-elle changée d'une manière ou d'une autre ? Bien sûr, ils ont vécu une expérience traumatisante, mais heureusement, personne n'a été blessé grâce aux vomissements opportuns d'Izzy. Ce n'était pas comme s'ils pouvaient le signaler à la police, ou à qui que ce soit d'autre d'ailleurs. Que diraient-ils, 'Je voudrais signaler un crime vieux de deux cents ans ?'

Elle regarda par la fenêtre alors qu'ils quittaient la ville. Des rangées d'arbres fruitiers à perte de vue. Les bananes, les mangues et le café étaient les plus importants. Sur la droite, ils passèrent devant le verger de Rivera. Des travailleurs à divers stades de la récolte des bananes parsemaient le paysage.

Un jour, tout cela sera à moi , pensa-t-elle en se souvenant des paroles de son oncle. Elle n'avait pas la moindre idée de ce qu'elle en ferait. De plus, elle avait toute sa vie déjà planifiée. Une fois diplômée de l'université, elle a déménagé dans la Silicon Valley.

Était-ce vraiment ce qu'elle voulait ? C'était le cas, mais maintenant elle n'en était plus si sûre. Peut-être était-elle censée rester ici avec Rio. Elle l'imaginait rentrant d'une dure journée de travail dans le verger pour un dîner qui l'attendait sur la table. Leurs enfants courraient vers lui quand il franchirait la porte.

Rio a guidé la petite voiture comme un pro dans les méandres de la route des San Blas. Ils se sont arrêtés pour faire le plein dans une petite station-service juste à l'extérieur d'El Llano. Les filles sont allées à l'intérieur pour utiliser les toilettes et acheter quelque chose à boire.

"Avez-vous du changement?" demanda Izzy. Le pot sur le tabouret à l'extérieur des toilettes demandait des dons pour l'entretien des toilettes.

"Je pense que oui." Amara sortit quelques pièces de sa poche et les tendit à Izzy.

"De ce siècle, bizarre", plaisanta Izzy en lui rendant les pièces d'argent à l'effigie de Ferdin VII.

"Cela aiderait."

Ils sont allés à l'intérieur du dépanneur pour choisir des collations. Amara a attrapé trois eaux Bonifont à l'ananas et à la noix de coco, tandis qu'Izzy a choisi des Fritos au citron vert et deux barres de chocolat Carlos V.

"J'adore les snacks au Mexique !" s'exclama Izzy.

"Moi aussi! Cette eau de Bonifont est à tomber par terre. Il existe d'autres saveurs, mais l'ananas et la noix de coco sont mes préférées.

Rio était garé devant le magasin quand ils sont sortis. Amara lui tendit une eau et l'embrassa sur la joue. Elle a été immédiatement mortifiée par cette décision audacieuse. C'était vraiment un accident.

"Des sucreries pour les douces", a déclaré Amara mal à l'aise.

Rio sourit. De toute évidence ravie de sa démonstration d'affection involontaire. "Bravo", dit-il avant de prendre une longue gorgée.

"Cornball", a envoyé Izzy depuis le siège arrière.

« Haineux », répondit Amara. Ils éclatèrent tous les deux

de rire.

"Qu'est ce qu'il y a de si drôle? Je veux rire aussi », a déclaré Rio, ce qui les a fait rire plus fort.

"Vous êtes. *Chérie* », taquina Izzy.

"Comme c'est gentil de le remarquer, cher cousin. L'un de vous a-t-il faim ? Il y a un endroit à Miramar où je veux t'emmener avec vue sur la plage.

"Affamé!" Les filles ont répondu à l'unisson.

« Jinx ! »

"Tu me dois un Coca !"

Chapitre vingt-neuf

Rio descendit une colline menant à la ville pittoresque de Miramar. Le panneau indiquant Leo's Restaurant les dirigea vers une place de parking au coin de la rue. Ils s'installèrent sur une table surplombant l'océan et passèrent leur commande au serveur.

« Voulez-vous, mesdames, des huîtres ? demanda Rio en désignant un homme tanné qui écaillait des huîtres dans un coin.

Amara plissa le nez. "Je ne les ai jamais essayés."

"Quoi? Jamais?" questionna Izzy avec incrédulité.

« Avez - *vous* ? »

"Seulement un million de fois environ."

"Je suis désolée que mon palais ne soit pas aussi exotique que le vôtre", a plaisanté Amara. « Mes parents en mangent ; Je ne les ai tout simplement jamais trouvés attrayants.

"Ou peut-être l'inverse", a ri Izzy.

Rio revint avec une assiette d'une douzaine d'huîtres. Izzy en a immédiatement attrapé un. Après avoir ajouté un filet de jus de citron vert et de Salsa Huichol, elle l'a avalé. Rio a préparé une huître et l'a offerte à Amara.

"Je ne sais pas si je peux."

« Qu'est-ce qu'il y a à savoir ? Mettez-le simplement dans votre bouche, fermez les yeux et buvez-le », a expliqué Izzy.

Rio lui fit un timide clin d'œil. "Essayez-le simplement", a-t-il encouragé.

Amara ferma les yeux et suivit les instructions d'Izzy. "Oh mon Dieu! C'est vraiment bien.

"Choquant", a déclaré Izzy en roulant des yeux pour ajouter du drame.

Un groupe d'enfants naviguait sur les rochers de la plage en contrebas pendant que leur mère fabriquait des bracelets personnalisés à partir de fils colorés pour les vendre aux touristes. Un garçon d'environ onze ans faisait le tour à l'intérieur du restaurant avec un panneau d'affichage rempli de divers noms prêts à acheter.

« Prenons-en un », dit Amara à personne en particulier.

Rio appela le garçon à leur table. Les filles parcouraient les bracelets à la recherche de leurs noms. "Nous pouvons aussi mettre ce que vous voulez dessus si vous ne trouvez pas votre nom", a-t-il proposé.

Amara sortit un stylo et une feuille de papier de son sac à main, nota leurs noms et les tendit au garçon. Il a couru avec impatience la note à sa mère qui s'est immédiatement mise au travail sur leur commande.

Vingt minutes plus tard, le directeur est arrivé avec la nourriture et a placé leurs assiettes sur la table. « Est-ce que tout va bien ? »

"Ça a l'air délicieux", a répondu Amara.

Satisfait qu'ils soient satisfaits de leurs repas, il se dirigea vers un groupe d'hommes qui venaient de s'asseoir à une table voisine. Quelque chose leur semblait familier. Amara la chassa de son esprit et se concentra sur son déjeuner.

"C'est littéralement le meilleur homard que j'aie jamais

mangé !" Izzy a annoncé.

"Je suis heureux que vous ayez aimé. Leo's est mon endroit préféré pour manger quand je vais à la plage.

"Je peux goûter pourquoi," répondit Izzy. « Et toi, Amara ? Tu n'as pas dit un mot depuis qu'ils ont apporté la nourriture.

"C'est bien." Amara était préoccupée par les hommes assis à l'autre table. Ils la regardaient depuis leur arrivée.

« *C'est bien* », se moqua Izzy. "Qu'est-ce qui se passe avec *vous* , Miss Passif Agressif?"

"Avez-vous remarqué quelque chose d'inhabituel chez les gars là-bas?" a demandé Amara.

"Je ne leur prêtais aucune attention."

"Peut-être que tu devrais."

Izzy laissa tomber sa fourchette et écrasa un tout petit morceau de son assiette. Ses yeux devinrent aussi grands que des soucoupes. « Je crois que j'ai perdu l'appétit », dit-elle d'une petite voix.

"Moi aussi," acquiesça Amara.

« Qu'est-ce qui vous fait flipper tous les deux ? demanda Rio clairement agacé par l'attention soudaine d'Amara envers les gars de l'autre table.

"Rien!" Ils ont répondu à l'unisson.

« Je vais aux toilettes. Tu veux venir avec ? Amara a demandé à Izzy.

"Bien sûr."

"Est-ce que je perds la tête ou est-ce que ces gars ressemblent exactement à ces pervers de tout à l'heure ?" Amara a demandé quand ils sont entrés dans les toilettes.

« Si c'est le cas, je perds le mien aussi. Vêtements différents, mêmes visages, même groupe de trois. Izy a répondu

"Il n'y a pas moyen! Y a-t-il?"

« Fille, je ne sais pas. Tout le monde ici semble avoir un sosie de deux cents ans. Même nous.

"Vrai. Alors, peut-être que ce n'est rien.

"Ou peut-être que c'est tout..." La voix d'Izzy s'éteignit comme pour laisser toute possibilité ouverte.

"Ils me regardent depuis qu'ils se sont assis."

« Beaucoup prétentieux ? »

Amara lui a dit que *ce n'était pas le moment* . "Non. Plutôt, 'qu'est-ce qu'ils font?'

"Rio est devenu très jaloux quand vous l'avez mentionné. Qu'allez-vous lui dire ? Que nous avons failli être kidnappés par leurs jumeaux il y a deux cents ans et deux heures ?

"Je dirai que je pensais qu'ils étaient des musiciens célèbres."

"Je n'ai rien de mieux à dire, donc ça marche."

"Est-ce que tout va bien? demanda Rio lorsqu'ils revinrent à table.

"Bien sûr. Je suis juste excité de voir les San Blas », a menti Amara.

Rio s'est excusé aux toilettes après avoir demandé l'addition. Quand il fut hors de vue, le type à la table voisine qui ressemblait à Julio se leva de son siège et s'approcha de leur table.

Amara pouvait sentir son cœur battre sous sa chemise. Elle plaça sa main près d'un couteau que le serveur avait oublié de retirer de la table juste au cas où il en aurait besoin.

"Excusez-moi mademoiselle, je suis désolé de vous déranger, mais vous semblez tous les deux familiers. Est-ce qu'on s'est rencontré?"

« Pas que je m'en souvienne. Maintenant, si vous voulez bien nous excuser », a répondu Amara.

"Mes excuses", a déclaré le sosie de Julio avant de retourner à sa table.

"Qu'est-ce que tu penses de ça ?" demanda Izzy.

"Je ne sais pas. Peut-être que ça a à voir avec… » Amara s'arrêta au milieu de sa phrase.

"Peut-être que ça a à voir avec *quoi* ?"

« Il y a quelque chose que je ne t'ai pas dit. Je veux dire, je te l'ai dit, mais je ne l'ai pas fait. Amara balbutia.

« Pourquoi parlez-vous par énigmes ? »

« Je promets de tout te dire quand nous rentrerons chez Mama Erlina ce soir, pas tout de suite. Profitons d'aujourd'hui. S'il te plaît?"

"Peu importe. Je t'ai connu presque toute ma vie, mais je ne te connais pas en ce moment.

Je ne me connais pas pour le moment, voulait dire Amara mais se taisait. Le jour de son mariage approchait bientôt. Ou était-ce? Le retour d'Amara Rivera changerait-il quelque chose ? Rien ne semblait encore différent, mais comment le saurait-elle ? Techniquement, tout ce qui s'est passé est déjà arrivé, mais Amara Rivera n'est pas revenue la première fois. Son retour avait-il déjà changé quelque chose, et ils ne le savaient pas encore ?

Chapitre trente

« Ça n'a pas tellement changé en deux cents ans », murmura Izzy quand Rio se gara sur une place de parking devant la maison de comptage.

"Il y a un guide touristique qui raconte les histoires les plus intéressantes sur l'histoire de San Blas. J'espère qu'il est là aujourd'hui », a fait remarquer Rio.

"Ce serait formidable", a répondu Amara. "Je suis un passionné d'histoire, je serai suspendu à chacun de ses mots."

"C'est *une* geek", intervint Izzy.

Amara ne put s'empêcher de rire. C'est l'Izzy qu'elle a connue et aimée. Toujours rapide à lancer une réponse pleine d'esprit ou un coup léger.

Le commentaire est clairement passé au-dessus de la tête de Rio alors qu'il poursuivait son argumentaire de vente pour le fort. « Du belvédère, nous pouvons voir l'océan », a-t-il déclaré avec enthousiasme.

"Qu'est-ce qu'on attend? Allons-y, insista Izzy avec un intérêt feint.

Rio est sorti de la voiture et a couru du côté passager pour ouvrir la portière à Amara. "L'aventure commence, ma dame", a-t-il dit et lui a tendu la main pour qu'elle l'attrape.

« Ne t'inquiète pas pour moi, je peux ouvrir ma propre porte », grommela Izzy.

"Je suis sûr que vous le pouvez, mais votre cousin bien-aimé est là pour vous l'ouvrir", lui assura Rio.

« Toujours le gentleman, mon cher Rio. Merci gentiment », répondit Izzy sarcastiquement.

"À votre service." dit Rio avec une révérence exagérée.

« Oh, claque ! Après tout, vous maîtrisez ces trucs de sarcasme », s'est enthousiasmé Izzy.

"J'ai appris des meilleurs", a déclaré Rio avec un clin d'œil à Amara.

"Je suis contente d'avoir pu aider," rit nerveusement Amara alors qu'ils pénétraient dans le bâtiment. Un guide touristique parlait à un groupe de touristes à l'intérieur de l'entrée.

Rio s'est empressé de leur faire visiter les lieux, les régalant de ses connaissances historiques. "Le fort a été construit vers 1760." Il a insisté pour qu'ils posent pour des photos devant le buste en bronze du père Mercado.

"Ce n'est pas le gars avec qui nous sommes allés à la messe ?" murmura Izzy.

"Le seul et unique", a répondu Amara.

Satisfait qu'ils aient pris suffisamment de photos, Rio les conduisit vers les canons. La vue majestueuse surplombant le port et la ville de San Blas, magnifique. C'était complètement différent de ce qu'il était avec Porfirio. Beaucoup de choses avaient changé en deux cents ans, mais le charme restait le même.

Finie la grande table en bois entourée d'hommes en tenue militaire et empilée de cartes. L'arôme de la fête à venir remplacé par l'odeur de la moisissure. Il a poursuivi la visite à travers les chambres du fort qui abritaient autrefois des épices et d'autres nécessités.

Amara scruta la palmeraie et la ville en contrebas. Le bosquet avait considérablement diminué de taille par rapport à plus tôt; San Blas avait énormément grandi. Elle a sorti son appareil photo et a pris plusieurs photos et une vidéo. Elle était impatiente de comparer les résultats.

« Êtes-vous prêt à voir l'église Notre-Dame du Rosaire ? » a demandé Rio.

« La Marinera ? Allons-y!" Amara a répondu

"Quelqu'un a fait ses devoirs !" s'exclama Rio, surprise qu'elle sache.

"Eh bien, vous savez ce qu'ils disent, la connaissance est le pouvoir."

Malgré son attitude froide, presque agacée, Izzy s'amusait aussi. Le fait qu'ils aient parcouru les lieux sacrés avec le père Mercado lui-même quelques heures auparavant la faisait se sentir liée à eux. Elle avait hâte de voir l'église.

Le guide touristique se tenait près de la sortie en faisant signe à leur passage. Quelque chose en lui semblait familier, mais Izzy n'arrivait pas à mettre le doigt dessus. "Êtes-vous l'homme avec toutes les réponses à cet endroit?" Elle a demandé.

"J'aimerais penser que je le suis," sourit-il. "Horatio Reyes, c'est un plaisir de vous rencontrer." Il a tendu la main.

« Depuis combien de temps travaillez-vous ici, Horatio ?

"Cela semble être une éternité", répondit-il mystérieusement.

Ses yeux étaient concentrés sur la cicatrice au-dessus de son sourcil. « Y a-t-il des fantômes ici ?

Horatio a ri: «Peut-être. Crois tu aux fantômes?"

"Peut-être," répondit Izzy avec ténacité. Elle regarda pour

voir la réaction d'Amara.

"Qu'est-ce que c'était tout ça?" Amara a demandé quand ils sont sortis.

« Vous a-t-il semblé familier ?

« Si vous comptez avoir le même nom et exactement la même cicatrice que le gars que nous avons rencontré plus tôt avec Porfirio, alors oui. La seule différence est la barbe », a chuchoté Amara.

"Qu'est-ce qui se passe? Est-ce que tout le monde n'est qu'une copie de quelqu'un d'autre ?

"Cela ou ils sont tous des voyageurs temporels", a rétorqué Amara.

"Peut-être que *nous* perdons juste la tête." Izzy marmonna dans sa barbe.

"J'ai entendu ça", a réprimandé Amara avec espièglerie. Elle sursauta lorsqu'elle aperçut l'église. Les ruines ont eu un impact choquant. Il y a quelques heures, ils étaient assis sur un banc et regardaient le père Hidalgo donner la messe ; maintenant tout était parti; il ne restait qu'une coquille de son ancienne gloire.

"Pendant ce temps, je peux prendre autant de photos que je veux", a marmonné Izzy. Elle s'est concentrée sur les mêmes endroits qu'elle avait photographiés plus tôt. À l'intérieur de l'église, la lumière naturelle a pénétré. Des voûtes en pierre sont tout ce qui restait du toit. Une grande croix était accrochée au mur derrière l'endroit où se tenait le père Hidalgo. Elle feuilleta les photos qu'elle avait prises plus tôt pour comparer hier et aujourd'hui. « Écoutez, » elle pointa son téléphone vers le visage d'Amara.

"Quel dommage."

"Puis-je voir?" a demandé Rio.

Amara lui tendit le téléphone à contrecœur.

"C'est beau! Ça ressemble presque à... ici. Où a-t-il été pris ? » demanda Rio d'un ton curieux.

Amara jeta un coup d'œil à Izzy. "Vous avez trouvé ça sur Internet, n'est-ce pas?"

"Quoi? Ah oui, Internet. Je ne sais pas où elle a été prise, mentit Izzy.

Chapitre trente et un

Soudain, une forte brise souffla violemment à travers l'enveloppe des ruines. Le ciel devint sinistrement gris ; puis un éclair brillant éclaira le ciel. À ce moment-là, les frontières entre le présent et le passé se sont estompées. L'église fut subitement restaurée. Des gens vêtus de vêtements du début du XIXe siècle remplissaient les bancs.

Le père Mercado s'est tenu à la chaire en prononçant un discours encourageant les paroissiens à prendre les armes pour vaincre les envahisseurs occupant leurs terres. Les hommes rugirent d'accord. Amara a conduit Rio et Izzy à la porte. Les paroissiens pouvaient-ils aussi les voir ? Le père Mercado pourrait-il ?

Amara a couru vers la porte avec Izzy et Rio derrière. Ils se sont abrités contre le mur du bâtiment.

"Qu'est-ce qui vient juste de se passer?" demanda Izzy.

"Je ne sais pas," répondit Amara.

"As-tu vu ça? « Demanda Rio.

"Voir quoi?" Izzy a feint l'ignorance.

"Foudre?" demanda Amara, ses yeux s'écarquillèrent pour insister.

"Je pensais qu'il faisait référence aux gens qui sont apparus de nulle part", a chuchoté Izzy. Ses yeux se dirigèrent vers Rio. Les avait-il vus aussi ?

"Peu importe. Je dois imaginer des choses », a répondu Rio, sa voix s'estompant.

Il les avait vus ! Pourquoi ne l'a-t-il pas dit ? "Vas-y. Dites-nous! Qu'as-tu vu?" Amara a sondé.

« J'ai vu des gens. Beaucoup de gens. Et l'église... ressemblait à la photo sur le téléphone d'Isabel, répondit Rio avec hésitation.

Amara et Izzy se regardèrent. Devraient-ils lui dire ? Amara hocha la tête pour répondre à la question silencieuse qui persistait.

"Croyez-vous au voyage dans le temps?" a demandé Amara.

"Ce n'est pas possible," répondit Rio à voix basse. Il n'avait pas l'air trop convaincu.

« Et si c'est le cas ? » Izzy a défié.

"Tout est possible", a ajouté Amara.

"Peut-être. Y a-t-il quelque chose que je devrais savoir ? a demandé Rio.

"Laissez-moi vous demander quelque chose. Avez-vous remarqué quelque chose d'étrange dernièrement ? Vous sentez-vous *différent* ?" Amara a essayé de trouver les mots justes. Elle ne pouvait pas très bien sortir et lui demander s'il l'aimait. Cela semblerait fou. *Pas aussi fou que d'épouser un parfait inconnu,* réprimanda sa voix intérieure.

Le vent s'est calmé et les nuages se sont séparés révélant un soleil faible. Des chevaux attachés à un arbre voisin rongeaient leur mors pour se libérer. Y étaient-ils déjà allés ?

Quelque chose n'allait pas. Les roues des voitures crépitaient contre la rue pavée.

« Dorothy, je crois que nous ne sommes plus au Kansas », dit Izzy avec un petit rire nerveux.

« Comment cela se passe-t-il ? » dit Amara à haute voix.

Les yeux de Rio s'écarquillèrent alors qu'il contemplait la vue. Les San Blas du début du XIXe siècle étaient assez différentes de celles d'aujourd'hui. Les cloches de l'église sonnaient alors que les paroissiens sortaient de l'église. Quelqu'un les remarquerait sûrement. Le cœur d'Amara menaça de battre hors de sa poitrine alors que la peur s'installait.

Ils étaient habillés pour une journée à la plage dans la société moderne. Ici, elles ressemblaient probablement à des prostituées. Izzy a tiré sur qu'est *-ce qu'on fait* vers Amara qui haussa les épaules . Un homme coiffé d'un chapeau noir s'appuya contre un arbre et les regarda en silence.

« Porfirio », cria une voix.

Amara se retourna pour voir d'où ça venait. C'était le père Mercado ! Il n'y a aucun moyen que Rio puisse le tromper.

« Il vient par ici ! s'exclama Izzy.

« Rio, il te parle. Dites au père Mercado que nous avons été agressés et volés », ordonna Amara.

Le père Mercado s'est approché. Il avait l'air d'avoir vu un fantôme au lieu de l'inverse. « Amara, Isabel », salua le père Mercado. Il tourna son attention vers Rio. « Porfirio, que t'est-il arrivé ? Demanda-t-il, se référant évidemment à ses vêtements, ou à leur absence.

"Père Mercado," dit Rio d'une voix tremblante. Il tendit la main et lui serra la main. « Nous avons été attaqués et dépouillés de nos vêtements », a-t-il tenté de mentir.

« Qui ferait une chose pareille ? demanda le père Mercado avec étonnement.

"C'étaient des soldats", a proposé Rio. "Je n'ai pas bien vu leurs visages."

Le père Mercado se tourna vers l'église et leur fit signe de le suivre. "Venez, il y a peut-être quelque chose à couvrir à l'intérieur."

Chapitre trente-deux

Lorsqu'ils franchirent le seuil de l'église, un autre éclair s'abattit sur le sol. Le père Mercado avait disparu, tout comme les bancs et le plafond.

Amara se dirigea vers la porte. Ils étaient de retour dans le présent. "Oh, Dieu merci," dit-elle dans un souffle. Elle vérifia son téléphone. Près d'une heure s'était écoulée, mais comment ? Cela ne devait pas durer plus de dix minutes, quinze maximum.

"Alors, allons-nous prétendre que cela ne s'est jamais produit?" Izzy a dit de briser la tension.

« Père Mercado. *Le* Père Mercado. Rio n'a déclaré à personne en particulier. "J'ai écrit un rapport sur lui en cours d'histoire la semaine dernière maintenant je lui serre la main."

L'homme au chapeau noir était toujours perché contre l'arbre. Il était là quand Rio parlait au père Mercado. Amara a essayé d'attirer l'attention d'Izzy pour voir si elle le remarquait aussi. L'expression sur son visage disait qu'elle l'avait fait.

« J'ai eu assez d'excitation pour une journée. Pouvons-nous partir maintenant ? lâcha Izzy.

"Oui je suis d'accord."

"Je suis prêt si vous l'êtes," répondit Rio.

Izzy a pratiquement couru pour rejoindre la voiture de Rio. Horatio, appelé alors qu'ils partaient. « Hasta luego. Tu peux partir mais tu ne t'en sortiras jamais-o, dit-il d'une voix chantante.

Amara n'était pas sûre d'avoir bien entendu la dernière partie. Horatio était-il responsable de la distorsion temporelle ? Il y avait quelque chose qui clochait chez lui. Quelque chose d'effrayant. Elle garda ces pensées pour elle pour le moment. Pas besoin d'énerver Izzy pour rien.

« Alors, on va à la plage ? Rio a demandé à briser la glace.

"La plage? Es tu fou? Comment peux-tu encore vouloir y aller après tout ça ? demanda Izzy.

"Comptez-moi pour aujourd'hui", a déclaré Amara. « Je suis prêt à rentrer à la maison. Et s'il y a de l'orage ? » Elle a essayé de donner un refus logique.

« Après tout quoi ? C'était la chose la plus cool qui me soit jamais arrivée. Pourquoi se précipiter à la maison ? L'aventure ne fait que commencer. Une promenade sur la plage, prendre un bain de soleil et respirer les embruns vous feront du bien à tous les deux. À moins que vous ne soyez des chats effrayés », s'est exclamé Rio en faisant valoir son point de vue.

Amara devait admettre que cela ne semblait pas être une mauvaise idée. « Qu'est-ce que tu en penses, Izzy ? »

"Vous pouvez marcher, je vais nager."

« Alors c'est réglé. La plage de Las Islitas n'est pas loin d'ici. Il y a des restaurants si nous avons faim ou soif.

En dix minutes, ils étaient garés sous une palapa dans le sable. Rio attrapa des serviettes et une natte dans le coffre pendant que les filles couraient vers l'eau. Cela ressemblait à une scène de film avec son sable beige poudreux et son eau turquoise cristalline entourée de montagnes panoramiques verdoyantes.

« Sommes-nous morts et sommes-nous allés au paradis ? demanda Izzy.

"Si nous l'avons fait, nous devons être dans le jardin

d'Eden", a répondu Amara

"Bonne idée Rio. Merci de nous avoir amenés ici », a déclaré Izzy

"Je savais que tu aimerais ça."

« C'est comme le paradis », dit Amara rêveusement. "Allez, je vais te faire la course jusqu'à l'eau." Elle a décollé dans un sprint complet sur le sable.

Rio et Izzy suivaient de près. Il la jeta joyeusement dans l'eau quand il la rattrapa. Elle tenta en vain de lui rendre le geste. Ils ont nagé et barboté pendant près d'une heure avant de faire une pause. Izzy étendit sa serviette sur le tapis et s'allongea.

« Allons faire une promenade pour nous sécher », suggéra Rio.

"Ça a l'air bien", a convenu Amara et a pris sa main tendue.

"Je plaisantais sur le fait que tu étais un chat effrayant. Je ne sais pas exactement ce qui s'est passé à San Blas, mais il semble qu'aucun de vous n'ait été très surpris. Qu'est-ce qui se passe réellement?"

« Il va falloir être plus précis. Voulez-vous dire la distorsion temporelle, ou parlons-nous du gars au chapeau noir qui a tout vu ? » Elle a demandé sans ambages.

"Tout ce qui précède", a rétorqué Rio. « Était-ce vraiment le père Mercado ?

"Dans la chair", a confirmé Amara.

« Comment pourrait-il connaître vos noms ? Je veux dire, ce n'est pas possible. Il est mort depuis plus de deux cents ans.

"Par où je commence?" demanda Amara d'une voix calme. Il était trop tard pour nier quoi que ce soit. En plus, ce n'est pas comme si c'était de sa faute. Ou peut-être que c'était le cas. Elle était la réincarnation de l'âme sœur d'origine, mais Rio l'était aussi. Peut-être qu'être ensemble sur une terre sacrée a causé un bug dans la matrice. Qui *était* le gars au chapeau noir, de toute façon ? Ce n'était pas une coïncidence s'il était là à travers tout cela; présent et passé.

Amara se demanda ce que pensait le père Mercado quand il revint, et ils étaient partis. S'il voyait le vrai Porfirio, il poserait sans doute des questions à ce sujet. Elle avait besoin de parler à Tachi. Elle saurait quoi faire. Les âmes sœurs devaient se marier dans une semaine.

"Izzy et moi l'avons rencontré plus tôt,"

« Plus tôt quand ? Comment?"

"Eh bien ..." Amara a commencé à expliquer mais s'est arrêtée.

"D'abord," interrompit Rio, notant son hésitation. « J'ai quelque chose à te *dire* . J'ai rêvé de toi... avant que tu m'envoies la demande d'ami, je veux dire », a admis Rio. "Vous étiez vêtu de vêtements du début du ¹⁹ᵉᵐᵉ siècle."

Il rêvait d'Amara Rivera, tout comme j'ai rêvé de Porfirio , pensa Amara.

"Quand j'ai reçu la notification de votre demande, j'ai accepté immédiatement", a poursuivi Rio. "Je sais que ça a l'air fou, mais je suis amoureux de toi depuis avant même de savoir que tu étais une vraie personne." Il attrapa sa main, la porta à ses lèvres et déposa un doux baiser.

C'était comme si un million de papillons s'étaient envolés du creux de son estomac d'un seul coup. Est-ce que cela se produisait vraiment ? Elle se sentait submergée par l'émotion. Était-il même possible d'être amoureux de quelqu'un que vous venez de rencontrer ? *Tout est possible,* sa voix résonnait dans sa tête .

"Pas aussi fou que vous ne le pensez." Elle lui serra la main d'un air rassurant. "Je ressens la même chose pour toi. A partir du moment où j'ai posé les yeux sur toi, c'est comme si quelque chose s'était allumé en moi. Je savais que tu étais mon destin.

Cela vous semble-t - *il* fou ? » demanda timidement Amara.

"Peut-être que nous nous sommes connus dans une autre vie", a déclaré Rio avec un clin d'œil.

"Peut-être. Croyez-vous en la réincarnation?" a demandé Amara.

"J'ai lu des articles convaincants sur le sujet."

« Et les âmes sœurs ? »

" *Tu* es mon âme sœur", a répondu Rio.

"J'aime bien cette idée." Amara a dit à travers un sourire à pleines dents.

Amara n'a pas fini ce qu'elle allait dire à Rio. Il n'a pas poussé. Pour le moment, il semblait se contenter de laisser les choses inexpliquées. Elle croyait qu'il en savait plus que ce qu'il disait. Sa révélation sur les rêves était surprenante mais n'aurait pas dû l'être. Si elle pouvait sentir et ressentir ceux du passé, peut-être qu'il le pourrait. Malheureusement, il n'avait personne comme Tachi pour le guider. Doit-elle l'emmener à sa rencontre ?

"Réveillez-vous la tête endormie," Amara donna un coup de coude au pied d'Izzy quand ils revinrent de leur promenade.

Izzy bailla et s'étira, puis rassembla paresseusement ses affaires. "Cet endroit est incroyable; nous devons absolument revenir avant mon départ.

Ils se sont assis tranquillement sur le trajet pour retourner à Jalco, Izzy a dormi sur la banquette arrière. Leurs cœurs n'avaient pas besoin de mots pour communiquer entre eux. Elle pouvait sentir le rythme de son cœur battre à travers sa paume. Le sien battait à l'unisson.

Le ciel se vantait d'une lueur magenta alors que le soleil faisait ses adieux à la journée. Rio s'est garé devant la maison Rivera. Izzy est sorti de la voiture et est entré.

"Allons faire un tour," suggéra Rio.

"D'accord. Laisse-moi dire à ma mère que je suis de retour. Amara est allée à l'intérieur pour trouver Marta. La maison était vide. Le camion de Roberto n'était pas dehors. Elle monta à l'étage pour prendre une veste. Izzy était allongé.

« Qu'est-ce que tu vas faire ? » demanda Izzy.

« Rio veut aller se promener. Tu veux venir avec nous ?

"Je vais bien. Allez-y. Je vais envoyer un texto à mon nouvel ami Mario et voir ce qu'il fait », a déclaré Izzy avec espièglerie.

"Nous pouvons tous traîner sur la place et manger de la glace", a suggéré Amara. Elle attrapa sa veste sur le dossier de la chaise.

Rio était appuyé contre la voiture quand elle est revenue. Il lui prit la main alors qu'elle s'approchait, et ils partirent en marchant dans la rue. Amara était contente de porter des chaussures de tennis.

"Attention", a averti Rio en se référant aux pierres qui recouvraient la route.

"Tu me rattraperas si je tombe."

Il se retourna et la prit dans ses bras. "Comme ça?" Il a demandé puis est entré pour un baiser.

Notre premier baiser officiel ! Les papillons dans son estomac faisaient maintenant des culbutes. "Ouais, quelque chose comme ça," répondit froidement Amara.

"Je voulais juste m'en assurer," il fit un clin d'œil.

"Mieux vaut prévenir que guérir", a-t-elle convenu.

Ils continuèrent à marcher jusqu'à ce qu'ils tombent sur une vue surplombant la ville en contrebas. Une belle toile de fond, elle appartenait à un tableau. Amara a sorti son appareil photo pour prendre une photo. Quand elle se retourna, Rio était agenouillé devant elle, tenant quelque chose dans sa main.

"Amara, mon amour, je veux marcher à tes côtés pour le reste de ma vie. Veux-tu m'épouser?" Ses yeux regardèrent à l'intérieur de son âme avec une telle intensité qu'elle dut se détourner.

"Êtes-vous sérieux?"

"Plus que je ne l'ai jamais été."

"Oui! Oui je t'épouserai!"

Rio sortit la bague qu'il tenait et la fit glisser sur son doigt. « C'est un ajustement parfait. Si vous êtes à mes côtés, vous ne connaîtrez jamais la solitude ou la honte. Je te prouverai ma dévotion chaque jour pour le reste de ma vie.

Un corbeau croassa au loin comme au bon moment. Amara a pris cela comme un signe qu'elle faisait le bon choix. "Je veux me marier le plus tôt possible", a-t-elle lâché.

"Je voudrais t'épouser ce soir mon amour, mais c'est Jalco, pas Las Vegas", a-t-il dit avec un sourire. "Vous devrez vous contenter de Tepic lundi matin."

"Je le prends. Disons à Izzy ! Les pensées d'Amara tournaient à cent à l'heure dans son esprit. Que diraient ses parents ? *Dommage que mon père ne puisse pas être là,* pensa-t-elle *.*

Le camion de Roberto était garé dehors quand ils sont revenus. Amara était impatiente de présenter Rio à sa famille et de leur annoncer la bonne nouvelle. Elle espérait qu'ils seraient heureux pour elle même si cela peut leur sembler fou. Épouser un gars qu'elle connaissait à peine *serait* fou dans d'autres circonstances, mais leur amour existait depuis des centaines d'années. Le sang même qui coulait dans leurs veines était formulé pour les réunir. La malédiction serait enfin brisée.

Chapitre trente-trois

Ils entendirent des voix venant de la salle à manger lorsqu'ils entrèrent dans la maison. Amara fit signe à Rio de la suivre. Maman Erlina faisait la cour au bout de la table, les régalant d'une drôle d'histoire d'autrefois qui faisait rire tout le monde. Une voix se démarquait des autres.

"Père!" dit Amara. Israël se retourna pour la saluer. "Que fais-tu ici?"

« Je peux partir si tu veux », hurla Israël en riant.

"Non! Je suis si heureux que vous soyez ici. C'est parfait." dit Amara en serrant son père dans ses bras. "Maman, pourquoi ne m'as-tu pas dit qu'il venait ?" demanda Amara.

« J'ai été aussi surpris que vous. Votre grand-mère et votre oncle avaient tout prévu », a répondu Marta.

"Merci à vous deux!"

« Vous êtes les bienvenus. Tu vas nous présenter ton ami ou quoi ? demanda Roberto.

"J'ai presque oublié", a-t-elle dit avec un rire nerveux. "Tout le monde, c'est Rio. Rio, voici la grande Mama Erlina, ma mère Marta, mon oncle Roberto, et enfin et surtout, mon père Israel.

"Bonjour à tous. Je suis Porfirio Gutierrez. C'est bon de vous revoir tous. Israël, c'est très agréable de vous rencontrer monsieur », a déclaré Rio en faisant le tour de la table en se serrant la main.

"Maintenant que nous avons réglé *cela* ", a commencé Amara, "nous avons une annonce à faire."

"Israel, Marta, je voudrais demander votre bénédiction pour épouser votre fille", a déclaré Rio.

Les yeux de maman Erlina s'illuminèrent d'excitation. Elle savait exactement qui était Rio. Il était l'âme soeur. Il briserait la malédiction qui tourmentait sa famille depuis des générations.

"Fils, depuis combien de temps connais-tu ma fille ?" a demandé Israël.

« Avec tout le respect que je vous dois, monsieur, mon cœur l'a toujours connue. Il a attendu patiemment que nos yeux se croisent », a répondu Rio.

« Je vous laisse tout seul pour discuter. Je vais chercher Izzy. Amara s'excusa. Elle ressentait une pointe de culpabilité d'avoir laissé Rio se débrouiller seul avec son père. *C'est un grand garçon et il peut prendre soin de lui -même* , pensa-t-elle. De plus, Israël était juste et juste. Il leur donnerait sûrement sa bénédiction.

Amara était presque à bout de souffle lorsqu'elle arriva dans sa chambre. Izzy dormait profondément sur le lit. Elle détestait presque la réveiller, mais la nouvelle était trop importante. Elle poussa doucement son bras.

Izzy se couvrit les yeux, gémissant de protestation.

« Lève-toi Izz, c'est important », insista Amara.

« Je suis debout », marmonna Izzy.

« Descends quand tu es habillé.

Amara se tourna pour quitter la pièce quand quelque

chose à travers la pièce attira son attention. Une perle de lumière jaillit de derrière l'armoire. Curieuse, elle y est attirée. Les roues de l'armoire grinçaient et hurlaient de défi alors qu'elle la poussait hors du chemin.

« Amara, *qu'est -ce que* tu fais ? » Izzy était réveillé maintenant.

"Je reviens dans une minute. Je dois parler à Tachi.

"Essayez de ne pas aller au complet sur Gilligan's Island."

"Qui est l'île?" Amara a demandé visiblement confus.

"Peu importe," dit Izzy en riant. "Fais juste vite." Aussi rapide que *puisse être* un voyage de deux cents ans dans le passé , marmonna-t-elle dans sa barbe.

Amara Rivera était dans sa chambre assise au bureau en sanglotant quand Amara traversa. Elle a immédiatement essayé de la consoler. "Dieu merci, vous êtes là", a réussi à dire Amara Rivera à travers ses larmes.

« Amara, qu'est-ce qui te trouble tant ? » a demandé Amara.

« Tout est parti. Tous les arbres du verger ont été détruits. Les soldats font du porte-à-porte dans les villes, emportant tout ce qui a de la valeur ; ils arriveront sûrement ici bientôt.

Amara voulait poser des questions sur Porfirio mais a décidé de ne pas le faire. « Je suis vraiment désolé que ce soit arrivé, Amara. Où sont Don Manuel et Doña Tachi ?

«Mon papa est dans son magasin en train de faire des préparatifs et maman amène les anciens ici pour la sécurité. Je suis effrayé; pour eux… et moi.

« Pourquoi ne venez-vous pas tous avec moi ? A l'année suivante ? demanda innocemment Amara.

« Nous ne pouvons pas échapper au destin Amara. Il nous rattrapera toujours. Tu devrais partir maintenant. Votre destin ne vous oblige pas à périr avant votre naissance.

"Comme tu veux. Prends soin de toi, Rivera. Je prierai pour votre force et votre sagesse. Amara est revenue à son époque et a remis l'armoire à sa place.

"C'était *rapide* !" remarqua Izzy.

"Malheureusement, tout l'enfer se déchaîne là-bas. Ici, nous devons être dans la salle à manger avec tout le monde. J'ai une annonce à faire." a déclaré Amara. L'inquiétude lui rongeait l'intérieur. Non pas qu'inconsciemment elle ne sache déjà ce qui s'était passé, mais deux cents ans, c'était beaucoup plus proche maintenant qu'avant.

Elle a rappelé ce qu'Amara Rivera a dit à propos de Don Manuel faisant des préparatifs dans son magasin pour les raids imminents des soldats espagnols. Peut-être qu'il se préparait à cacher l'or dans les peintures. Il semblait drôle de voir comment l'histoire avait bouclé la boucle. Mama Erlina a parlé du même verger planté en 1811 après qu'un incendie a détruit les arbres ; l'incendie dont Amara Rivera venait de lui parler.

Maman Erlina aimerait entendre parler de tout ce qu'elle avait appris de l'autre côté. Peut-être que lorsque les choses se seraient calmées, elle présenterait tout le monde, si c'était encore possible. Lorsqu'ils retournèrent dans la salle à manger, Rio était absorbé par une conversation avec Israël. Amara pensait qu'ils semblaient bien s'entendre, ce dont elle était reconnaissante.

"Papa, maman, quel est le verdict?" a demandé Amara. Marta et Israel se sont regardés et ont souri, ce qu'elle a pris comme un signe positif.

Marta fit un signe de tête à Israël comme pour lui donner la permission de parler en son nom. "La réponse est oui. Sans aucun doute."

Amara a attrapé ses parents dans une étreinte serrée. "Merci beaucoup à vous deux." Elle fit signe à Rio de se tenir à côté d'elle. "Nous avons une annonce à faire."

Rio lui serra la main. "Nous nous marions lundi matin au

Palacio de Gobierno à Tepic."

La bouche d'Izzy tomba sous le choc. "Oh mon Dieu! Êtes-vous sérieux? Toutes nos félicitations! Je suis tellement excité pour vous deux ! Maintenant, nous serons vraiment une famille.

Roberto a sorti une bouteille de Don Julio du placard pour un toast de fête. Il remplit sept verres à shot et les fit circuler. "Félicitations à vous deux. Puissiez-vous profiter de nombreuses années de bonheur. Acclamations!"

"Acclamations!" Ils ont dit à l'unisson puis abattu leurs coups.

Roberto ramassa les verres et les plaça dans l'évier pour être lavés. Maman Erlina le rejoignit dans la cuisine. Elle lui chuchota à l'oreille puis l'envoya répondre à sa demande. Amara n'y prêtait pas beaucoup d'attention. Elle se concentrait sur son nouveau fiancé et sur la façon dont il semblait vraiment appartenir à sa famille. Tout le monde s'entendait si bien, comme s'ils se connaissaient depuis des années au lieu de quelques minutes.

Les paroles d'Amara Rivera résonnaient à ses oreilles. *Nous ne pouvons pas échapper au destin. Il nous rattrapera toujours.* Les mots la consolaient et la terrifiaient à la fois. Quel a été *son* destin ? Répéterait-elle le schéma qui a frappé les réincarnés avant elle, ou serait-ce elle et Rio qui y mettraient fin une fois pour toutes? Tant de questions luttaient pour attirer l'attention dans son esprit. Elle préférait concentrer son attention sur l'ici et maintenant, du moins pour le moment. Ce n'est pas tous les jours qu'une fille rencontre son âme sœur, et encore moins l'épouse.

Elle a accompagné Rio jusqu'à sa voiture. "Es-tu heureux?" Il a demandé.

« Ravie, aux anges et ravie. Je ressens tous les adjectifs qui peuvent être utilisés pour décrire le terme », a-t-elle répondu avec un immense sourire.

Rio embrassa doucement ses lèvres avant de monter dans sa voiture et de partir. Les feux arrière s'estompèrent dans l'obscurité alors qu'il descendait la colline. Elle retourna dans la salle à manger sur un nuage neuf. Izzy parlait à tout le monde de leur visite à San Blas plus tôt. Mama Erlina lui donnait un peu d'histoire pour l'accompagner.

"Le père Mercado lui-même a un jour donné la messe à Notre-Dame du Rosaire", se souvient avec enthousiasme maman Erlina.

"J'aurais adoré être là", a déclaré Izzy avant de jeter un coup d'œil à Amara. Elle voulait lui dire qu'elle *avait* été là, et c'était merveilleux. Elle avait même une vidéo pour le prouver mais l'a gardée pour elle.

Amara se demandait ce que maman Erlina savait de tout ce qui se passait. *Sait-elle que j'ai voyagé dans le temps ?* Elle nota mentalement de sonder davantage quand ils seraient seuls. Roberto semblait savoir quelque chose.

« Amara, j'ai quelque chose pour toi », dit fièrement maman Erlina.

Comme au bon moment, Roberto sortit un sac à vêtements de la chambre de maman Erlina et l'étala sur la table. À l'intérieur se trouvait une robe en soie couleur ivoire avec de la dentelle qui scintillait à la lumière. Amara s'émerveilla du détail exquis du voile. Chaque main de pierre cousue dans le tissu.

« Maman Erlina, c'est beau. Merci beaucoup », a répondu Amara.

« Vous êtes les bienvenus. Cette robe est dans notre famille depuis des générations. Il a été porté pour la première fois par ma 10ème arrière-grand-mère ^{Tlachinolli} lorsqu'elle a épousé Don Manuel Rivera en 1769 ! Il a vu beaucoup d'amour au fil des ans », a expliqué Mama Erlina.

« Il a l'air tout neuf. Comment cela a-t-il pu durer aussi longtemps ? demanda Amara les yeux écarquillés. Elle ne pouvait pas croire qu'elle porterait la robe de mariée de Tachi. Elle était impatiente de lui annoncer la bonne nouvelle.

Maman Erlina se pencha plus près. D'une voix à peine supérieure à un murmure, elle répondit. "La tradition familiale dit qu'il a été tissé par des araignées magiques et béni par un guérisseur nahuatl."

Il y a un mois, elle aurait pensé que toute l'idée de la magie, des malédictions et de la réincarnation était folle. Maintenant, elle croyait de tout son cœur à tout cela. Elle n'aurait jamais imaginé en un million de lunes qu'elle se marierait lors de ce voyage, mais ici, elle était fiancée à son âme sœur.

"Je me sens honoré de le porter. Je sais que mon mariage sera béni par l'amour et la sagesse de mes ancêtres.

"Essayez-le", a exhorté Marta. "Malheureusement, je n'ai jamais eu la chance de le porter", a-t-elle déclaré avec une pointe de tristesse dans la voix.

"Maman , pouvez-vous m'aider ? » a demandé Amara.

"Bien sûr, je peux. J'ai rêvé de ce jour depuis le jour où tu es né.

Amara fit glisser la robe par-dessus sa tête. Marta a ajusté le ruban à travers les boucles pour le fermer. C'était comme si c'était fait juste pour elle. Lorsqu'elle fut certaine qu'il était correctement fermé, Marta recula avec admiration.

"Tu es absolument magnifique."

"Maman, ne pleure pas."

« Ce sont des larmes de joie », lui assura Marta. "Allons montrer aux autres."

Amara rayonnait alors que tout le monde la comblait de compliments. Elle sentit une énergie écrasante venant de la robe. Comme si les ancêtres l'avaient fait spécialement pour elle.

Chapitre trente-quatre

Amara pouvait à peine dormir après toute cette excitation. Rio a envoyé un texto professant son amour éternel pour elle. Elle imaginait à quoi ressemblerait leur vie. L'État de Californie ne semblait soudainement plus aussi excitant que la vie au Mexique le serait sûrement. La Silicon Valley a perdu son attrait. Peut-être qu'elle n'irait pas à l'université après tout, du moins pas en Californie. Ce n'était pas comme s'ils avaient besoin d'argent. Sa part de l'or Rivera valait une fortune.

Se tournant et se retournant, le sommeil ne viendrait pas facilement. Elle regarda Izzy pour voir si elle était toujours éveillée. « Izzy », cria-t-elle dans un murmure. "Êtes-vous debout?"

"Je le suis maintenant", a-t-elle répondu.

"Je ne peux pas dormir."

"Tu pourrais si tu restais immobile et posais ton téléphone vers le bas ."

"Ok, *maman* ", a rétorqué Amara sarcastiquement.

Izzy éclata de rire. « Ça avait l'air plutôt maman , n'est-ce pas ? ”

"Juste un petit peu. Je suis tellement nerveux et excité à la fois. Est-ce que toute cette histoire de mariage est folle ? »

« Qui détermine ce qui est fou ? La folle d'une fille est le café du matin d'une autre fille. dit Izzy.

«Des mots pour vivre, je suppose. Où trouvez-vous les choses que vous dites?

"Ma meilleure amie est une mauvaise influence qui entache mon esprit innocent avec sa vision sarcastique du monde", a déclaré Izzy comme si c'était un fait.

"Oh. Est-ce que c'est ça?" Amara ne put s'empêcher de rire. Certes, elle *avait* été plutôt sombre et sarcastique pendant plus de quelques années. La concentration laser sur l'école et le travail ne laissait pas beaucoup de temps pour s'amuser ou jouer au ralenti.

"Repose-toi bien, Cendrillon. Bientôt, vous épouserez votre prince charmant », a conseillé Izzy.

« Oh mon Dieu, tu as raison ! Je ne peux pas attendre ! Bonne nuit."

Après avoir dit ses prières, Amara a sombré dans un sommeil paisible. Elle a été immédiatement plongée au pays des rêves. Ils ont été rejoints lors d'une double cérémonie de mariage par Amara Rivera et Porfirio. Le père Mercado a présidé les noces. Les deux Amara portaient la robe que Mama Erlina lui avait offerte. Les quatre d'entre eux ressemblaient à deux paires de jumeaux au lieu d'ancêtres séparés par deux cents ans. Leur réception a eu lieu dans le manoir où vivait le frère de Porfirio en 1810. La salle de bal scintillait lorsque les lumières illuminaient le décor doré.

Don Manuel et Tachi étaient assis à table aux côtés de Mama Erlina, Marta, Israel et Roberto. La noce était composée des Amaras, Rio, Porfirio, Izzy, Isabel et Catarina. Le passé et le présent s'entremêlent comme si les contraintes de temps avaient cessé d'exister. Les deux mondes dans lesquels Amara avait vécu simultanément, enfin ensemble.

Un cock-a-doodle-doo intempestif semblait déplacé dans le cadre élégant de la salle de bal. Amara regarda autour d'elle à la recherche du coq incriminé, protégeant ses yeux d'un rayon de soleil brillant qui avait pénétré par la fenêtre de la chambre. Elle bâilla et s'étira, parfaitement éveillée. Les coqs continuèrent leur sérénade matinale comme s'ils ne venaient pas de gâcher l'un des plus beaux rêves qu'elle ait jamais eus. Ce serait sa dernière journée officielle en tant que femme célibataire.

Le lit d'Izzy était déjà fait. Elle aidait vraisemblablement Marta avec le petit déjeuner. Amara appréciait le sommeil supplémentaire mais regrettait de ne pas l'avoir réveillée avant de partir. Elle rassembla une tenue puis se dirigea vers la douche pour se préparer pour les événements de la journée. Dans moins de vingt-quatre heures, elle serait mariée à son âme sœur. Combien de femmes ont vraiment pu dire cela et savoir avec une certitude absolue que c'était vrai ?

Amara finit de se préparer puis descendit. Tout le monde était déjà réuni autour de la table. Marta avait fait une tartinade impressionnante qui comprenait des chilaquiles de poulet et des baguettes de la boulangerie. Amara pouvait sentir l'odeur alléchante alors qu'elle descendait les escaliers.

"Bonjour, somnolent", a salué Israël.

"Bonjour papa."

"Pendant que vous sciiez des bûches, Marta et moi sommes allés acheter des baguettes fraîches", a ajouté Izzy.

"Merci de m'avoir laissé dormir", a déclaré Amara, sa voix dégoulinant de sarcasme.

« Vous êtes les bienvenus. J'ai pensé que vous pourriez utiliser tout le repos beauté que vous pourriez obtenir », a taquiné Izzy.

"Cela a évidemment fonctionné puisque j'ai l'air fabuleux", a répondu Amara.

"Votre modestie est inspirante."

"Je l'ai appris en te regardant."

"Vous les filles, vous vous disputez comme des sœurs", a déclaré Marta.

«Nous sommes essentiellement *des* sœurs. J'ai passé plus de temps avec ta famille qu'avec la mienne quand nous grandissions », lui a dit Izzy. « Tu m'as appris à cuisiner. J'ai même eu des corvées chez toi.

Marta sourit aux souvenirs. Aujourd'hui était le dernier jour avec sa petite fille, demain elle deviendrait la femme de quelqu'un. Se sentant heureuse et triste à la fois, elle se demanda s'ils avaient pris la bonne décision en donnant leur bénédiction à Rio. Maman Erlina semblait convaincue que oui.

Israël ne connaissait pas tous les détails de la malédiction familiale. Marta n'était même pas sûre qu'il croirait ce qu'il considérait comme un non-sens. Elle avait entendu l'histoire des âmes sœurs quand elle était plus jeune et n'était pas sûre d'y croire elle-même jusqu'à ce qu'Amara rencontre Rio. Le coup de foudre était possible ; elle est tombée amoureuse d'Israël au moment où leurs yeux se sont rencontrés au rodéo il y a toutes ces années. Leur fréquentation a duré trente jours avant qu'ils ne partent ensemble à la recherche du rêve américain.

Une fois que tout le monde a fini son petit-déjeuner, Marta a débarrassé la table et rangé la vaisselle. Amara s'est changée en une robe d'été blanche unie et des chaussures assorties. Izzy a insisté pour tresser ses cheveux.

Marta avait planifié leur journée dans les moindres détails.

« Quand as-tu eu le temps de dormir ? a demandé Amara.

« Vous aurez tout le temps de dormir après votre mariage », lui assura Marta.

"Vrai."

"Alors, qu'y a-t-il au programme ?" Izzy a demandé à Marta.

« Nous avons rendez-vous chez Nails Aida pour une manucure et une pédicure. Ensuite, nous allons au salon pour nous faire coiffer », a annoncé Marta.

« Tu as vraiment été occupée, maman. Merci!"

"Ça vaut vraiment le coup. En plus, ce sera ta dernière sortie entre filles en tant que femme célibataire », lui rappela Marta.

"Je souhaite que nous puissions avoir un vrai mariage au lieu de l'édition du palais de justice", a fait remarquer Amara.

Marta ne lui a pas dit qu'elle y travaillait déjà. Mama Erlina et Roberto feraient les arrangements après la messe. Étant donné que la famille Rivera était l'un des premiers membres de l'église d'origine, elle pouvait à peu près garantir un mariage de dernière minute. Une fois le mariage légalisé par le tribunal, ils retournaient à Jalco pour les festivités du mariage le lendemain.

"Vous pouvez toujours avoir un mariage à l'église plus tard", a proposé Izzy en se rendant au salon de manucure. "Cette robe est trop belle pour ne pas la porter au moins une fois dans sa vie."

Ils sont arrivés au salon de manucure exactement à l'heure. À première vue, le propriétaire avait pensé à tout pour s'assurer qu'ils passaient une journée de détente. Trois flûtes de champagne étaient posées sur un plateau de service en argent sur la table près des fauteuils de pédicure. Musique pop espagnole jouée en arrière-plan. Le décor élégant a amélioré leur expérience.

Amara s'appuya contre le fauteuil, ferma les yeux et laissa les doux rouleaux du masseur dissiper le stress. Elle a vraiment apprécié son séjour au Mexique. Retourner aux États-Unis devenait encore moins important maintenant que sa famille était réunie. Sa part de la fortune de Rivera était plus que suffisante pour prendre soin d'eux pour le reste de leur vie. Elle voulait que sa vie ait un sens et prévoyait de consacrer sa vie à aider les autres plutôt que de se concentrer sur l'obtention de diplômes.

Une fois leurs ongles terminés, Marta leur a suggéré de s'arrêter pour manger un morceau afin de les retenir jusqu'au dîner. La cevicherria en haut de la rue fournirait la bonne quantité de nourriture.

Amara profitait de la journée de soins que Marta avait prévue. Les messages affectueux de Rio ont gardé un sourire ringard sur son visage le reste de la journée. Bien sûr, ils ne se reverraient pas avant demain. Inutile de risquer la malchance en allant à l'encontre de la tradition.

Chapitre trente-cinq

Ils rencontraient Rio au palais de justice de Tepic, connu localement sous le nom de Palacio de Gobierno. Amara avait fantasmé sur une immense cérémonie religieuse vêtue de la robe de Mama Erlina, mais cela suffirait pour le moment.

Le chauffeur s'est arrêté dans une camionnette blanche pour les emmener en ville. Ce n'était pas le chariot de chevaux blancs de son rêve, mais au moins ils n'avaient pas à se faufiler dans le vieux camion de son oncle. Les robes blanches et les camions de travail poussiéreux ne font pas bon ménage, surtout le jour de votre mariage.

Aujourd'hui sera parfait, quels que soient les petits détails gênants , se dit Amara. Une autre voix se fit également entendre. La voix de la peur, de la négativité et du doute. *Suis-je trop jeune pour me marier ? Est-ce que je veux vraiment rester à Jalco pour le reste de ma vie ? Qu'en est-il de l'État de Californie ? Vais-je regretter de ne pas être allé à l'université dans vingt ans ?*

C'étaient des questions valables pour lesquelles elle avait des réponses valables. Pour tous. Dix-neuf ans, c'est jeune, mais elle était sage au-delà de son âge. Tout le monde l'appelait une vieille âme. Ils ne seraient pas enchaînés à Jalco, même si elle y serait parfaitement heureuse. Ce n'était pas comme s'ils ne pouvaient pas partir. De plus, Cal State n'était pas la seule école au monde. Elle pourrait suivre des cours en ligne si elle le voulait. Il y avait aussi deux très bonnes écoles à Tepic parmi lesquelles choisir. Non, elle n'aurait pas *à* renoncer à un diplôme universitaire simplement parce qu'elle était mariée. L'Universidad Autonoma de Nayarit et l'Instituto Technologico avaient une réputation irréprochable en matière d'éducation.

Amara était tellement perdue dans ses pensées qu'elle n'avait pas remarqué les virages et les courbes de la route qui lui auraient normalement donné le mal de voiture. Tout le monde était tellement absorbé par leurs propres conversations qu'ils ne remarquèrent même pas qu'elle ne se joignait pas à eux. Peut-être qu'ils l'ont remarqué et l'ont laissée passer du temps seule dans sa tête pour réfléchir. Elle se sentait bénie d'avoir sa famille et sa meilleure amie à ses côtés. Elle ne pouvait pas imaginer passer par là sans eux.

Izzy s'affala contre la fenêtre. "Je ne sais pas comment les gens peuvent supporter cette route tous les jours."

« On parle de construire une autoroute depuis des années, mais ce n'est pas si mal », lui assura Roberto.

"Peut-être pas pour vous, mais j'ai l'impression d'être sur une inclinaison à la foire", a répondu Izzy.

"Alors tu devrais aimer ça. Je me souviens quand vous, les filles, nous faisiez attendre des heures pour que vous puissiez le chevaucher encore et encore », a ajouté Israel.

"Apparemment, à dix ans, j'avais un estomac plus fort que moi."

Marta sortit un chewing-gum de son sac à main et le tendit à Izzy. "Cela devrait aider."

"Merci Marta. J'essaierai n'importe quoi.

"Quand j'étais plus jeune, nous avions l'habitude de marcher jusqu'à Tepic pour honorer la Vierge de Guadalupe chaque année. Chaque croyant devrait faire le pèlerinage au moins une fois dans sa vie », lui a dit maman Erlina. « Êtes-vous croyant ? »

« Je suis un croyant. Cela semble vraiment cool. Qu'en pense Amara ? demanda Izzy, la sortant de ses pensées.

"Quoi?"

"Mama Erlina a dit que les habitants de la ville se rendent

à Tepic pour honorer la Vierge de Guadalupe. Nous devrions y aller un jour.

"Peut-être. C'est quand ?"

« Le 12 décembre.

"Je suppose que cela a du sens. Bien sûr, nous pouvons y aller un jour. Pourquoi pas?"

"Êtes-vous nerveux?" demanda Izzy. "Je veux dire, à propos de se marier."

« Peut-être un peu », mentit Amara. Elle était plus qu'un peu nerveuse mais ne voulait pas l'admettre. Et si tout cela était trop beau pour être vrai ? Tout se passait si bien. Presque trop lisse. D'après son expérience, trop lisse signifiait généralement des problèmes.

Mama Erlina avait une emprise quasi mortelle sur son chapelet. Elle priait de toutes ses forces. Le mariage des âmes sœurs mettrait fin à la malédiction une fois pour toutes. Ses ancêtres avaient traversé tant de bouleversements qu'elle ne voulait pas que leurs descendants continuent à en payer le prix. Il fallait que ça finisse. Elle ne reculerait devant rien pour s'assurer que la prophétie des âmes sœurs se réalise. Au moment où elle a posé les yeux sur Rio pour la première fois au restaurant, elle a su que c'était lui. Il ressemblait à une réplique exacte de Porfirio Gutierrez, l'homme de la peinture à l'huile avec Amara Rivera. Elle ne l'avait pas vu depuis des années.

Maman Erlina savait tout du passé de sa famille et de la tradition qui les avait suivis. Roberto lui a dit qu'Amara était partie de l'autre côté et avait rencontré les Riveras. Elle avait sûrement reçu le savoir des ancêtres. Une fois la malédiction brisée, peut-être qu'elle aussi pourrait aller de l'autre côté et rencontrer ceux qui ont tout déclenché. Cette pensée l'excitait et l'effrayait à la fois.

Enfin, la route se redressa à l'approche de Tepic. Amara regarda par la fenêtre les petites villes qui surgissaient le long de la route. Les vendeurs s'occupaient de leurs étals de fruits, alléchant les voyageurs avec des friandises locales. Des enfants jouaient sur la place d'une petite ville appelée El Aguacate. Leurs rires flottaient dans l'air. Elle a imaginé ce que c'était que de grandir là-bas. Ils semblaient tous si heureux. Elle voulait que ses propres enfants vivent cette expérience.

À leur arrivée à Tepic, le parking d'un complexe d'habitation sur le côté gauche de la route était rempli de gens grouillant de chariots de nourriture et de vendeurs vendant leurs marchandises. L'arôme des diverses offrandes flottait dans l'air. Un magasin de pneus de fortune installé sous un grand arbre sur la droite avait plusieurs voitures alignées qui attendaient leur tour. Roberto leur fit signe qu'ils passaient.

Un texto de Rio la rassure. Il les attendrait devant le palais de justice. Elle ne pouvait pas croire que cela arrivait. Elle serait bientôt Mme Porfirio Gutierrez. Catarina ne le savait même pas encore. Tout s'était passé si vite qu'elle avait oublié d'appeler.

Le taxi naviguait dans les rues bondées du centre-ville. Il s'est arrêté sur le côté près du palais de justice pour les laisser sortir. "Merci", ont-ils dit au chauffeur en sortant.

Rio était debout sous un arbre, tout de noir vêtu ; chapeau de cow-boy, pantalon et chemise de ville blanche agrémentés d'une bordure à cordon noir.

"Les plis sont si pointus qu'il pourrait couper quelqu'un avec", a chuchoté Izzy.

— Tais-toi, murmura Amara en étouffant un petit rire. "Il a l'air beau."

Rio a salué Israël et Roberto avec une poignée de main puis a enlevé son chapeau aux dames. "La dernière, mais non la moindre, ma belle future mariée." dit-il en déposant un baiser sur le dessus de sa main.

« J'ai l'air bien cousin. Tu es prêt pour le rodéo », le taquina Izzy.

"Je suis content que ça te plaise," répondit Rio. "Suivez-moi."

Rio se déplaçait avec confiance parmi la foule de gens dans la rue alors qu'il les conduisait au palais de justice. Amara haleta quand elle le vit bien en vue. C'était le manoir où elle était allée avec Porfirio ! Bien qu'une couleur différente maintenant, c'était définitivement la maison de son frère, elle était positive. Le présent et le passé continuaient à se heurter.

« Qu'y a-t-il, mon amour ? » a demandé Rio.

"Rien. C'est tellement beau.

"C'est tout. Le roi Carlos d'Espagne l'a fait construire pour sa maîtresse à la fin des années 1700. J'oserais dire que ces murs ont beaucoup d'histoires à raconter.

"La salle de bal est magnifique", se souvient Amara. "Je veux dire, j'imagine que la salle de bal est charmante", a-t-elle corrigé.

« Je suis sûr que ça l'est toujours. Je n'y suis pas allé depuis plusieurs années. Cette zone est fermée au public. Il est principalement utilisé pour les déjeuners et événements politiques.

Amara n'a pas mentionné qu'elle y était déjà allée avec Porfirio. Avec Rio aussi, si elle comptait le rêve qu'elle avait fait la nuit dernière. C'était tellement surréaliste, comme si elle rêvait encore, mais un pincement rapide à son poignet prouva qu'elle était tout à fait éveillée.

Ils arrivèrent au bureau où le mariage serait légalisé. Rio entra et parla avec la dame derrière le bureau. Elle lui a demandé d'attendre à l'extérieur pendant qu'elle parlait au juge qui présiderait leur union.

"Je ne peux pas croire que cela se produise", a chuchoté Amara à Rio à son retour.

« Moi non plus, mais je suis content que ce soit le cas. Es-tu?"

"Je ne serais pas là si je ne l'étais pas." Elle le pensait sincèrement. Il y a moins de deux semaines, elle était célibataire et concentrée sur l'école. maintenant elle était sur le point de se marier. Ses parents avaient l'air heureux aussi. Ses amis de l'école la jugeraient probablement. Si c'était quelqu'un d'autre qui épousait quelqu'un qu'il venait de rencontrer, est-ce que je le *jugerais* ? Elle se demandait.

Après quelques minutes, la réceptionniste les a convoqués au bureau du juge. Elle leur a posé quelques questions puis a accepté de célébrer le mariage. Ils ont décidé qu'Izzy et Mama Erlina seraient les témoins officiels.

"Quoi, pas d'embrasser la mariée?" Izzy a demandé après que les papiers aient été signés.

"Ce n'est pas un mariage, c'est une union civile", a répondu le juge d'un ton grossier, visiblement agacé par la question.

"Oh mon dieu, pardonne mon ignorance," répliqua Izzy sarcastiquement.

"Merci beaucoup pour votre temps, votre honneur," dit Amara, essayant de dissiper la tension créée par le commentaire d'Izzy.

Le juge s'est moqué et est sorti de la pièce.

Amara et Izzy ont accompagné Rio jusqu'au restaurant tandis que sa famille suivait en taxi. Izzy parlait à un kilomètre à la minute, mais surtout pour elle-même car personne ne répondait. "Bonjour *cousin* , tu m'entends ?"

"Je peux t'entendre," répondit Rio.

« Je ne te parlais pas. Je parlais à ma nouvelle cousine, Mme Amara Gutierrez.

"Amara Gutierrez", a répété Rio. "J'aime bien cette idée."

« Aux États-Unis, la femme prend le nom de famille de son mari », l'a informé Amara.

"Nous ne faisons pas cela normalement au Mexique... mais j'aimerais briser la tradition", a déclaré Rio avec un grand sourire collé sur son visage.

« Alors, Rio, as-tu parlé d'Amara à ma tante et à mon oncle ? »

"J'ai."

"Et? Qu'ont ils dit?" Izzy a sondé.

"Ils l'ont bien pris," répondit sèchement Rio. "Ils sont en Argentine en ce moment mais doivent revenir demain matin." La vérité n'était pas aussi polie que Rio le laissait entendre. Ils étaient furieux contre lui pour avoir épousé une Américaine inconnue qui, selon eux, volerait sa part de la fortune familiale. Après avoir expliqué qu'elle était la meilleure amie d'Isabel depuis la maternelle, ils semblaient se détendre un peu.

"Avez-vous pensé à l'endroit où vous allez vivre?" demanda ostensiblement Izzy.

Amara réalisa à cet instant qu'elle n'y avait pas du tout pensé. Ils n'en avaient même pas discuté. Ils n'avaient pas beaucoup discuté de quoi que ce soit car tout s'était passé si vite.

"Qu'est-ce que c'est, l'Inquisition espagnole?" Rio a ri.

"Non. Je m'assure juste que mon meilleur ami ne vivra pas dans une boîte en carton.

Lorsqu'ils arrivèrent au restaurant, le serveur les informa que Catarina leur avait réservé une table sur la terrasse. À première vue, elle avait travaillé dur pour décorer pour l'occasion. Une arche de ballons roses, blancs et violets était dressée derrière leurs sièges ; le rideau d'argent métallique derrière lui scintillait des rayons du soleil. Un grand sac cadeau était posé sur une table adjacente.

« Catarina, c'est magnifique. Merci!" dit Amara.

"Je suis content que vous l'aimez. C'est le mieux que je pouvais faire dans un délai aussi court », a-t-elle répondu.

"C'était un peu à la dernière minute", a convenu Amara, puis a fait les présentations à Catarina et Izzy.

"C'est un plaisir de vous rencontrer, Isabel", a déclaré Catarina.

"Également. Appelez-moi Izzy.

"Rio, tu vas me présenter ta nouvelle femme ?" taquina Catarina.

"Très drôle", a répondu Rio. "Elle s'appelle Amara, peut-être que vous l'avez déjà vue." Il rit.

"Le visage semble vaguement familier", a joué Catarina.

Mama Erlina est entrée, flanquée de Roberto et d'Israel de chaque côté. Son déambulateur, qui était normalement devant elle, nulle part en vue. Amara prit cela comme un signe que la malédiction était en train de se lever. Le visage de sa grand-mère n'avait pas l'air aussi usé qu'à leur arrivée au Mexique. Elle paraissait au moins dix ans plus jeune qu'avant leur départ de Jalco plus tôt dans la matinée.

Rio avait également une surprise dans sa manche. Après que tout le monde ait fini son repas, il prit Israël à part pour le laisser entrer. Il a invité la famille à se joindre à eux pour leur lune de miel dans la maison de plage de sa famille à Punta de Mita près de Puerto Vallarta. Israël a expliqué que Marta avait déjà pris les dispositions nécessaires pour leur mariage et la réception qui auraient lieu le lendemain soir. Elle avait même embauché un groupe pour la réception et un chanteur pour sérénader les jeunes mariés.

Chapitre trente-six

Alors que le reste de la famille est retourné à Jalco, Rio et Amara sont restés à Tepic. Il leur a loué une chambre à l'hôtel Paloma pour passer leur première nuit en tant que mari et femme. Elle voulait visiter les endroits où elle était allée dans le passé pour voir à quel point ils avaient changé en deux cents ans.

Amara s'est émerveillé de l'architecture espagnole, de la ville animée de vie et de culture. Elle avait hâte de commencer leur vie ensemble en explorant la beauté du Mexique. Rio lui a parlé d'un parc appelé La Loma. Ils décidèrent de se promener et d'apprendre à mieux se connaître.

"Comment sont tes parents?" Elle lui a demandé.

« Ils travaillent beaucoup. Mon père est en politique et ma mère est avocate », lui a-t-il dit. « Malheureusement, je ne les vois pas trop souvent. Parfois, ils voyagent pendant des mois d'affilée.

"Je suis désolé d'entendre ça." Amara ne pouvait pas imaginer ne pas voir ses parents tous les jours. Le peu de temps qu'ils ont passé loin de son père lui a semblé une éternité.

"Honnêtement, j'y suis habitué," dit-il avec un regard mélancolique dans les yeux.

"J'ai hâte de les rencontrer."

« Vous le ferez demain. Je suis heureux de faire partie de votre famille. Tout le monde semble si gentil et soudé.

"Nous sommes. Je n'avais parlé au téléphone qu'avec oncle Roberto et maman Erlina avant de venir ici. Ils sont encore plus merveilleux en personne que je ne l'avais imaginé », répondit-elle sincèrement.

Ils continuèrent leur promenade dans le parc. Rio a raconté des histoires de son enfance et des faits aléatoires sur Tepic. Après quelques heures, ils retournèrent à l'hôtel.

"Nous avons un grand jour demain", a déclaré Rio, puis l'a immédiatement regretté.

« Plus grand qu'aujourd'hui ?

"Je n'étais pas censé dire quoi que ce soit," dit-il en haussant les épaules.

"Puisque vous l'avez déjà fait, autant finir."

"Ta mère a prévu un mariage et une réception pour nous demain."

« Pourquoi est-ce que je viens d'en entendre parler ? » Elle a exigé.

"C'était censé être une surprise. Pouvez-vous au moins avoir l'air surpris quand Marta vous en parle ? Je ne veux pas déjà me faire une ennemie de ma nouvelle belle-mère », a-t-il ri.

"Je ferai de mon mieux," sourit-elle en plantant un gros bisou sur ses lèvres.

"Tant que c'est de ton mieux," dit-il entre deux baisers.

Du champagne sur glace et un plateau de fraises les attendaient à l'hôtel. Des pétales de rose étaient dispersés dans toute la pièce et en forme de cœur sur le lit. Rio a tout mis en œuvre dans le domaine de la romance.

Le lendemain matin, ils furent réveillés par un léger tapotement à la porte. Un préposé au service d'étage a fait rouler un chariot rempli de café, de divers jus de fruits et de pâtisseries sur la terrasse pour le petit-déjeuner. « Voulez-vous commander autre chose, monsieur ? L'homme dirigé à Rio.

Amara secoua la tête.

"Non. Ça ira, merci », répondit Rio en glissant un billet de cent pesos dans sa main.

"Merci, monsieur", dit l'homme en quittant la pièce.

« Cela a dû coûter cher. Laissez-moi payer la moitié, au moins.

Rio a ri. « Ma chérie, tu es ma femme. Il est de ma responsabilité de prendre soin de vous. Tu n'as jamais à t'inquiéter de payer quoi que ce soit quand tu es avec moi.

Amara sourit. Il était une fois, elle aurait été très offensée par son offre de tout payer, mais il était son mari maintenant. Cela a fait toute la différence. Pour la première fois de sa vie, elle pouvait honnêtement dire qu'elle était amoureuse. Peut-être que *c'était* son destin de l'aimer ; pour qu'ils soient ensemble.

Le trajet jusqu'à Jalco ne semblait pas aussi loin que les voyages précédents. Les méandres de la route de montagne n'induisent pas autant de nausées. L'amour avait une drôle de façon de changer sa perspective sur la vie. Le temps passé avec Rio a tout amélioré. Chacun de ses mots résonnait dans son subconscient comme la mélodie d'une chanson familière dont elle ne se souvenait pas des paroles.

Lorsqu'ils sont arrivés chez Mama Erlina, ils ont été traités comme des rois. Marta avait mis les couverts à table et préparé un buffet de brunch digne d'un roi. Les seules choses qui manquaient étaient le tapis rouge et la corde de velours. Rio n'avait pas l'habitude d'avoir ses parents autour, encore moins sa mère lui préparait un repas. Il ne se souvenait pas qu'elle ait jamais cuisiné quoi que ce soit. Ils avaient un chef cuisinier pour cuisiner pour eux et une femme de ménage pour nettoyer ensuite.

"Tout ça l'air délicieux, Marta", a déclaré Rio avec enthousiasme.

Izzy étouffa un rire. "Je suis sûr que ma tante cuisine

comme ça tout le temps."

Rio a ri. "Mère n'a probablement jamais été dans notre cuisine. Elle fait des suggestions au chef, et il essaie de satisfaire ses demandes insensées.

"Chef?" a demandé Amara. "Vous avez un cuisinier ?"

Izzy secoua la tête pour l'avertir de ne pas entrer dans les détails, mais il était trop tard. Connaissant Amara, elle n'apprécierait pas d'être attendue de pied ferme.

Rio s'éclaircit la gorge et changea rapidement de sujet sans répondre à sa question. L'expression d'avertissement sur le visage d'Izzy l'exigeait. "Marta, je n'ai jamais goûté de huevos rancheros comme ça auparavant."

"Merci Rio. Je prends ça comme un compliment."

« Comme il se doit. J'espère que votre fille a appris ses talents de cuisinière grâce à vous.

« Et si je ne sais pas du tout cuisiner ? » Amara défié.

"Peut tu?" Il a temporairement paniqué. "Pas que ça ait de l'importance. Je mangerais de la nourriture en boîte si elle était réchauffée par vous », a déclaré Rio.

"C'était ringard", a ri Izzy.

"C'était *plutôt* ringard", a convenu Amara.

« Eh bien, je suppose que je vais devoir mettre fin à ma quête pour devenir le prochain William Shakespear. Maintenant, qu'est-ce que je vais faire ? a demandé Rio. Tout le monde à table éclata de rire.

"Allez-y doucement, les filles", a taquiné Mama Erlina.

Après le brunch, Marta a fait sa grande annonce. "Amara, nous avons une surprise pour toi."

« Tu m'achètes un poney ? Amara a demandé en essayant de jouer. Son cher mari avait déjà gâché la surprise.

« Il y a un cheval impliqué, mais ce n'est pas la surprise. Tu as un mariage à l'église… aujourd'hui.

Amara a essayé d'agir comme si elle ne le savait pas déjà. "Êtes-vous sérieux? Merci! J'ai hâte de me pavaner dans l'allée dans la robe de Mama Erlina.

Soit Marta n'a pas remarqué qu'elle faisait semblant, soit elle s'en fichait. "Le mariage aura lieu à six heures suivi d'une réception sur la place," expliqua-t-elle, à peine capable de contenir son excitation.

"Merci beaucoup à tous. Je suis sûr qu'il était difficile de tout faire en si peu de temps. Nous aurions pu attendre d'avoir le mariage », lui a dit Amara.

"Pourquoi attendre?" a demandé Marta. "Demain n'est jamais promis." Marta en savait plus qu'elle ne disait. A vrai dire, le mariage était l'idée de Mama Erlina. Un mariage sans la sainteté de la bénédiction de Dieu ne survivrait jamais, a-t-elle insisté.

"Je suis d'accord. Pas de meilleur moment que le présent », a répondu Amara. "Je vais commencer à me préparer alors."

Marta s'était déjà arrangée avec le salon pour se faire coiffer et maquiller pour le mariage. Après que la styliste eut fini de travailler sa magie, elle tourna la chaise d'Amara pour faire face au miroir. Amara haleta devant son reflet. Frange latérale sécurisée avec un clip en strass; de longs cheveux en boucles parfaitement enroulées tombant en cascade le long de son dos et de ses épaules. Elle se sentait comme une princesse. Une fois coiffées et maquillées, elles retournèrent chez Mama Erlina pour changer de vêtements.

Chapitre trente-sept

Une odeur étrange mais familière accueillit ses narines dans l'escalier menant à sa chambre. Putride comme du soufre, l'odeur s'intensifiait à chaque pas tandis qu'elle montait les marches du troisième étage. L'armoire avait été déplacée de sa place habituelle contre le mur du fond comme si quelqu'un était entré de l'autre côté mais comment était-ce possible ? Amara nota mentalement de le mentionner à Roberto. Inutile d'en faire tout un plat, pensa-t-elle. Elle ramassa ses affaires à la hâte et descendit s'habiller pour le mariage.

Marta et Izzy ont aidé à ajuster la robe tandis que Mama Erlina rayonnait de fierté. Izzy a serré le ruban et l'a attaché en place. "Izzy, le 'quelque chose de bleu' ne devrait pas être mon visage par manque d'oxygène", a fait remarquer Amara.

"C'est trop serré ?"

"Eh bien, il ne risque pas de tomber !"

Izzy desserra un peu le ruban. "Mieux maintenant?"

Amara prit une profonde inspiration et expira. « Bien mieux. C'est un mariage, pas un mystère de meurtre.

« Ça pourrait être les deux. Gardez les invités sur leurs orteils », a répondu Izzy en riant.

Marta sortit le voile et le tendit à Mama Erlina. « La partie finale, la plus importante. Voulez-vous nous en faire l'honneur ?

"Avec plaisir", Mama Erlina a placé le voile sur la tête d'Amara et l'a épinglé en place. "Tu es si belle", a-t-elle dit à Amara.

"Je le tiens de vous et de votre fille."

Izzy a sorti son appareil photo. « Mesdames, rapprochez-vous les unes des autres », ordonna-t-elle.

« Prenons-en quelques-uns près des fleurs », proposa maman Erlina.

Amara a posé devant le mur de fleurs qui était l'entrée de la grotte à l'époque de Tachi. "N'est-ce pas le...?" commença Izzy.

"Oui, ça l'est," la coupa Amara avant qu'elle ne puisse finir.

"As-tu essayé...?"

"Non!" "C'est bouclé", a déclaré Amara dans un murmure proche.

« Qu'est-ce qui te tracasse aussi ? a demandé Marta.

Izzy commença à parler. Amara secoua la tête et lui lança le regard *silencieux de la* mort qui la fit rapidement taire. « Ils ne savent pas », murmura-t-elle à Izzy.

« Qu'est-ce qu'on ne sait pas ? » a demandé Marta.

Izzy et Amara se regardèrent. "Allez, ma fille, dis-le", a encouragé Mama Erlina.

"De l'autre côté, c'est l'entrée d'une grotte," répondit Amara, à contrecœur.

"Quel *autre* côté ?" Qu'est-ce que tu racontes?" demanda Marta.

« De l'autre côté de la maison », dit Amara à voix basse. « Le côté Rivera. J'ai rencontré Don Manuel et Tachi.

"Qui sont-ils?" Marta a demandé évidemment dans le déni.

"Ce sont eux qui ont construit cette maison, ma chère", dit

maman Erlina.

"Qu'est-ce que tu dis?" demanda Marta avec incrédulité.

Roberto est apparu sur la terrasse arrière. « La voiture est là. Il est temps de partir."

Amara était soulagée par la distraction. Ce n'était pas le moment d'entrer dans tout cela. Elle a noté que la réaction de Mama Erlina n'était pas une réaction de surprise. Elle savait ! C'est pourquoi elle l'avait appelée l'élue. C'est pourquoi elle semblait rajeunir de minute en minute. La connexion d'Amara avec l'âme sœur la guérissait !

Clic clac. Clic-clac. Les sabots des chevaux noirs Murgese tapaient une mélodie impatiente sur les pavés devant la maison. Le soleil filait à travers les nuages, éblouissant le placage laqué blanc de la voiture.

Le cocher les aida à monter dans la voiture. Marta et Izzy ont ajusté les couches de la robe pendant qu'Amara s'asseyait. Roberto et Israel suivaient dans le camion. Un grincement de vitesse intempestif d'une voiture qui passait a envoyé les chevaux galoper sur la colline à plein régime. Le cocher sautillait sur son siège en tirant désespérément sur les rênes pour maîtriser les chevaux.

Quelques coups de fouet sur leurs fesses les ralentirent, puis s'arrêtèrent complètement. Amara poussa un soupir de soulagement. Une poignée de mort ferme laissa des marques de rail gravées dans la paume de ses mains. Izzy avait l'air d'être sur le point de redonner vie à Queen V d'une seconde à l'autre. Marta tapota sa poitrine.

"Est-ce que vous allez bien, mesdames, là-bas ?" demanda le cocher.

Maman Erlina éclata de rire. "Je ne me suis pas autant amusé depuis des années... recommençons !"

Le cocher gloussa, faisant claquer les rênes pour faire démarrer les chevaux. L'église n'était qu'à quelques pâtés de maisons. Les enfants se sont arrêtés pour regarder le spectacle; saluant en passant.

« Je vais passer », dit Izzy d'une voix faible.

"Moi aussi," approuva Marta avec insistance.

"Nous ne sommes pas aussi courageux que vous, Mama Erlina," taquina Amara.

Devant l'église, le cocher a sauté et a aidé Amara à descendre de la voiture. Izzy et Marta ont fait de leur mieux avec la robe pour l'empêcher de balayer le sol alors qu'elles se dirigeaient vers l'église.

Rio, beau dans son smoking blanc, se tenait à l'affût devant l'autel. Amara, bras dessus bras dessous avec Israël, est intervenue en parfaite synchronisation avec la marche nuptiale. Les enfants de la boulangerie servaient de demoiselles d'honneur, jetant des pétales de rose sur leur passage. Des bancs de chaque côté remplis d'habitants et de membres présumés de la famille ; un se démarquait parmi les visages familiers. L'homme au chapeau noir était assis sur le bord le plus proche de l'allée au premier rang. Les yeux noirs de charbon se posèrent sur Amara.

"Chers bien-aimés, nous sommes réunis ici aujourd'hui pour unir Amara et Porfirio dans un saint mariage", a commencé le père Gutierrez. Au bon moment, le porteur de l'anneau a parcouru l'allée en tenant un oreiller en satin blanc avec leurs anneaux attachés par un ruban délicat.

Amara desserra le ruban et enleva la bague de Rio. « Porfirio, avec cet anneau je t'ai épousé. Je promets de t'aimer toujours, de te chérir et de t'honorer, dans la maladie et dans la santé, dans la pauvreté et dans la richesse, et de n'être fidèle qu'à toi en toutes choses jusqu'à ce que la mort nous sépare", a-t-elle récité.

Rio retira l'anneau restant de l'oreiller. « Amara, avec cette bague je t'ai épousé. Je promets de t'aimer toujours, de te chérir et de t'honorer, dans la maladie et dans la santé, dans la pauvreté et dans la richesse, et de n'être fidèle qu'à toi en toutes choses jusqu'à ce que la mort nous sépare », a répété Rio. Une larme s'échappa du coin de son œil et coula lentement sur son visage.

« Est-ce que vous, Amara Casillas, considérez cet homme comme votre époux légitime aux yeux de Dieu ?

"Je fais!" Amara a répondu avec enthousiasme.

« Est-ce que vous, Porfirio Gutierrez, considérez cette femme comme votre épouse légitime aux yeux de Dieu ?

"Je fais."

Le père Gutierrez leur prit la main. "Devant Dieu Tout-Puissant et ces témoins, vous vous êtes engagés à être unis dans un saint mariage. Les alliances que vous avez placées au doigt de l'autre témoignent des vœux que vous vous êtes prononcés. Qui donne Amara pour qu'elle soit unie en sainte noce à Porfirio ?

Israël se leva de son siège au premier rang. "Sa mère et moi."

"Comme l'Apôtre Paul l'a dit dans 1 Corinthiens 13:4-7, l'amour est patient, l'amour est bon. Il n'envie pas, il ne se vante pas, il n'est pas fier. Il ne déshonore pas les autres, il n'est pas égoïste, il ne se met pas facilement en colère, il ne garde aucune trace des torts. L'amour ne se réjouit pas du mal mais se réjouit de la vérité. Ca protege toujours, confie toujours, espere toujours et persevere toujours. Amen."

« Amen », répétèrent Amara et Rio à l'unisson.

Le père Gutierrez a poursuivi la cérémonie. "S'il y a quelqu'un qui peut montrer une raison valable pour laquelle cet homme et cette femme ne sont pas unis dans un saint mariage, qu'ils parlent maintenant ou qu'ils se taisent à jamais."

L'homme au chapeau noir se leva comme pour dire quelque chose. La foudre crépitait au-dessus de nos têtes ; l'électricité rayonnait du bout de ses doigts alors qu'il levait les mains, les bougies s'éteignaient simultanément. Deux couples et deux prêtres se tenaient à l'autel.

Les bougies s'allumaient et s'éteignaient comme un enfant jouant avec un interrupteur. Le père Gutierrez se tenait aux côtés du père Mercado ; Tachi et Don Manuel étaient assis sur le premier banc aux côtés de Marta, Israel, Izzy et Roberto, puis aussi soudainement qu'ils étaient apparus, ils étaient partis. Le présent et le passé s'entremêlent une fois de plus.

Des grêlons ont bombardé le toit; des rafales de vent ont ouvert les portes de l'église envoyant les arrangements floraux s'écraser sur le sol, des pétales jonchaient l'allée. Personne n'a rien fait. Ils avaient l'air figés.

Est-ce que quelqu'un d'autre peut voir ça ou est-ce que je perds la tête ? Amara pouvait à peine entendre la voix dans son propre esprit malgré le rugissement du vent, et encore moins quand elle parlait à haute voix. "S'il vous plaît, continuez mon père."

Le père Mercado et le père Gutierrez étaient partis, ainsi que tout le monde, sauf l'homme au chapeau noir. Se tenant entre les Amaras, tenant leurs mains dans les siennes alors qu'ils luttaient pour se libérer de son emprise. "Tu es à moi, Ichpochtli." dit l'homme au chapeau noir, en utilisant le nom de la déesse de l'amour originelle. Il est apparu sous sa vraie forme de démon, les yeux rouges brillants; le visage d'une chèvre, des sabots au lieu de pieds.

« Tu es impuissant dans la maison de Dieu, Démon. Au nom du père, du fils et du Saint-Esprit, je vous bannis aux enfers pour l'éternité ! déclara l'esprit d'Ichpochtli, Amara Rivera servant de messager.

Le père Mercado réapparut. « Au nom de Dieu Tout-Puissant, je vous ordonne de les libérer ! Tu es lié aux gouffres de l'enfer d'où tu es sorti. Quittez la maison du Seigneur sur-le-champ ! Ordonna-t-il en l'aspergeant d'eau bénite.

Le sol grondait sous leurs pieds tremblant comme les

répliques d'un tremblement de terre. Le soufre imprégnait l'air. Des flammes jaillirent du sol, avalant le démon tout entier. Un autre éclair et tout était rétabli. Les invités regardaient comme si de rien n'était. Rio sourit amoureusement à sa fiancée.

"Par le pouvoir investi en moi par le Dieu Tout-Puissant, je vous déclare maintenant mari et femme. Vous pouvez embrasser la mariée », a conclu le père Gutierrez.

Rio se tourna vers Amara et souleva son voile. Il se pencha plus près, l'attirant vers lui pour un baiser passionné sur les lèvres. "Je t'aime," murmura-t-il.

"Je t'aime aussi," murmura-t-elle en retour.

Alors que les invités sortaient de l'église, le père Gutierrez a administré une bénédiction aux jeunes mariés. Ils ont allumé une bougie, puis sont sortis de l'église main dans la main vers un nuage de bulles fourni par les bouquetières. Un photographe a pris des photos de presque tous les mouvements, tandis que son assistant a enregistré une vidéo.

Des tables ont été installées sur la place entourant la scène. Alors que le groupe entamait une ballade romantique, la piste de danse s'est remplie de couples profitant des festivités. Une fois tout le monde arrivé, les mariés ont été présentés. Leur première danse officielle en tant que mari et femme a été rendue plus magique par la lueur de la pleine lune qui brillait au-dessus de nos têtes.

« Comment ai-je eu autant de chance ? » demanda sincèrement Rio.

« Peut-être que ce n'est pas de la chance du tout. Je choisis de croire que le destin nous a réunis.

"Destiny", a-t-il dit, ponctué d'un baiser.

Après quelques chansons de plus, ils rejoignirent Izzy à une table avec Mario. Maman Erlina était rentrée chez elle pour se reposer après toute l'agitation de la journée. Marta et Israel ont agi comme des adolescents sur la piste de danse, s'embrassant et se tenant l'un contre l'autre.

« Nous allons décoller maintenant », dit Amara à Izzy. "Nous avons une suite à l'hôtel en haut de la rue. Est-ce que tu restes chez mes parents ?

"Ça ira. Mario peut me ramener chez moi plus tard », lui a assuré Izzy.

"Vous serez probablement prêt à partir avant eux", a pointé Amara en direction de ses parents.

Chapitre trente-huit

Lorsqu'ils arrivèrent chez Mama Erlina le lendemain matin, Marta les attendait pour le petit-déjeuner. "Merci beaucoup pour tout, maman. Je l'apprécie, surtout la nourriture; nous mourons de faim !

"Je parie que vous l'êtes", a taquiné Izzy.

« Comment ça se passe avec Mario ? A quelle heure es- *tu* rentré chez toi ?" Amara a sondé.

"Nous sommes partis environ une heure après vous", a répondu Izzy. « Rio, je pensais que ma tante et mon oncle venaient au mariage. Qu'est-il arrivé?"

«Leur vol de correspondance a été retardé à Columbia. Ils devraient être à la maison plus tard dans la journée. Ses yeux se sont déplacés, détournant son regard. Il ne voulait pas lui dire la vraie raison pour laquelle ils n'étaient pas venus. Franchement, ils n'ont pas du tout approuvé. En tant qu'enfant de travailleurs agricoles migrants, elle n'était pas assez bien pour leur famille, lui a dit son père.

Izzy ne le croyait pas totalement mais n'a pas poussé le sujet plus loin. Elle savait que sa tante et son oncle étaient snobs et supposait que c'était la vraie raison pour laquelle ils ne se présentaient pas.

Mama Erlina est entrée en portant un panier de fleurs du

corral, ce qui a apaisé la tension. « Roberto a une surprise pour vous à l'arrière », dit-elle d'un ton malicieux.

« Une autre surprise ? Vous êtes tous trop gentils », a fait remarquer Amara.

Ils ont suivi Mama Erlina dans la cour arrière après avoir fini de manger. Roberto avait déplacé les fleurs recouvrant l'entrée de la grotte.

"Es-tu déjà entré ?" a demandé Amara.

"Nous vous attendions", a répondu Roberto en lui tendant une lampe de poche.

« Avez-vous des allumettes ou un briquet ? Il devrait y avoir des lanternes à l'intérieur, du moins il y en avait avant », lui a dit Amara.

« C'est probablement mieux d'utiliser la lampe de poche. On dirait que ces lanternes n'ont pas été allumées depuis des années », a déclaré Roberto, écartant des toiles d'araignées de son visage.

Amara alluma la lampe de poche et regarda à l'intérieur. Des toiles scintillaient comme des diamants contre le faisceau de lumière. Elle pouvait entendre la chute d'eau s'écraser au loin. Roberto a remplacé l'ancienne lanterne par une version plus sûre et plus moderne et la grotte était à nouveau illuminée.

Balayant les toiles d'araignées, elle chercha le chemin qui menait à la grotte. Rio et Mama Erlina suivaient de près. Tourner au coin de la rue et descendre plusieurs marches, guidé par le bruit de la cascade à mesure qu'elle se rapprochait.

"Quel est cet endroit?" demanda Rio, fasciné.

Amara leva la lumière au-dessus de sa tête pour éclairer l'espace devant eux. "Regarde," elle dirigea son attention vers l'eau bouillonnante et le sable rose au bas des marches. Une eau encore cristalline après toutes les années qui s'étaient écoulées. La grotte n'a pas été touchée par le temps, à l'exception des araignées qui semblaient avoir été occupées, à en juger par l'approvisionnement apparemment infini de toiles.

"Est-ce que c'est sûr d'entrer ?" demanda prudemment Rio.

« C'était bien la dernière fois que j'étais ici. Attrapez les autres, ordonna Amara.

"L'eau est alimentée par une source naturelle", lui a dit maman Erlina.

"Ça a le goût du miel", proposa Amara.

"Je ne veux même pas savoir comment tu sais ça," taquina Rio.

"Je n'en ai pas bu, mais ce ne serait pas la pire idée ", a-t-elle répondu

Mama Erlina descendit avec impatience les marches dans l'eau bouillonnante. Amara a rapidement emboîté le pas. "Entrer! L'eau est merveilleuse », a-t-elle dit, étourdie.

"Maman, fais attention !" Marta a averti. "Tu ne sais pas ce qu'il y a dedans."

"Je sais ce qu'il y a ici, c'est pourquoi je veux que vous y entriez tous," répondit-elle avant de s'immerger complètement dans l'eau. Quand elle a émergé, ses cheveux blancs comme neige avaient retrouvé leur teinte d'origine de corbeau noir comme elle l'avait fait dans sa jeunesse.

« Maman Erlina ! Tes cheveux!" s'exclama Amara.

"Regardez son visage !" Marta haleta à la vue. Finies les rides d'un homme de quatre-vingt-quinze ans. La femme qui est sortie de l'eau, jeune et sans défaut.

Amara reconnut immédiatement le visage ; c'était l'image miroir de Tachi. Mêmes mèches de corbeau et teint d'olive lisse. Elle était de nouveau jeune !

"Bienvenue à la fontaine de jouvence." Mama Erlina a mis

ses mains en coupe sous les chutes puis a pris une gorgée.

Les inhibitions se sont estompées; Marta les a rapidement rejoints. Sous l'eau, elle ne sentait plus l'arthrite dans ses doigts, ni la douleur dans le bas du dos qui l'avait tourmentée longtemps après la fin de son travail dans les champs. Debout à côté de maman Erlina, elles ressemblaient plus à des sœurs qu'à une mère et sa fille.

Un par un, leurs maux ont été guéris alors qu'ils se baignaient dans l'eau de source magique. Jouer et éclabousser comme des enfants ; se délectant de leur nouveau souffle de vie.